JN311702

青嵐の譜　上

天野純希

集英社文庫

青嵐の譜［上］　目次

『青嵐の譜』の舞台となった地域

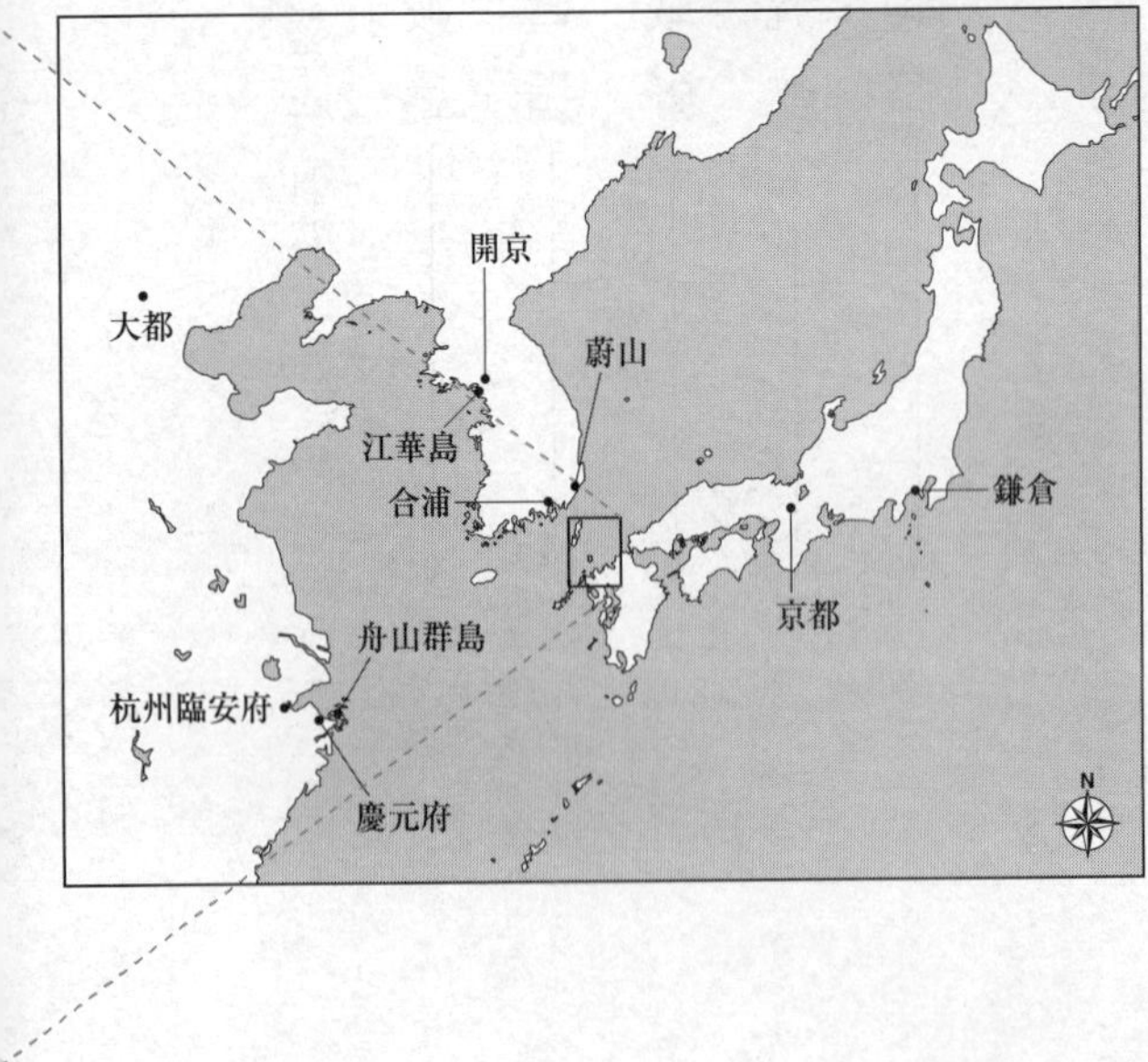

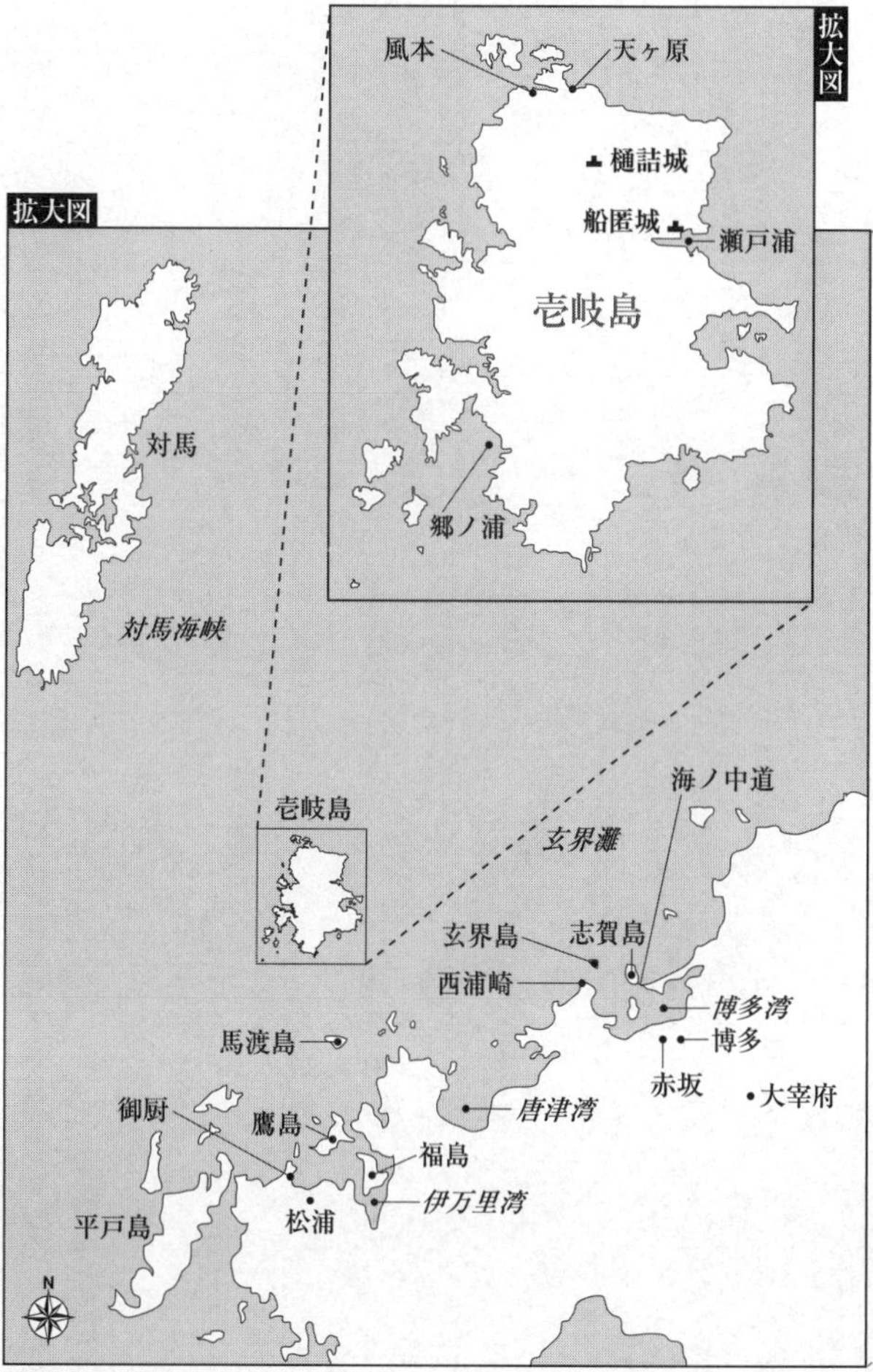
拡大図
風本
天ヶ原
樋詰城
船匿城
瀬戸浦
壱岐島
郷ノ浦
拡大図
対馬
対馬海峡
壱岐島
海ノ中道
玄界灘
玄界島
志賀島
西浦崎
博多湾
博多
赤坂
大宰府
馬渡島
唐津湾
御厨
鷹島
福島
伊万里湾
平戸島
松浦
N

図版作成／今井秀之

青嵐の譜〔上〕

序章　波濤

唸《うな》りを上げて耳元を掠《かす》めた矢が、帆柱に突き立った。

矢は続けざまに飛来し、網代帆《あじろほ》に穴を開ける。甲板《かんぱん》にいた運の悪い兵が二人、悲鳴を上げて倒れた。喉《のど》とこめかみを射貫《いぬ》かれ、助からないだろうことはここからでもわかった。

「もっと速く漕《こ》げんのか！」

帆柱の陰から顔を出し、林英《イムヨン》は潮でひりついた喉で叫んだ。絶え間なく降り注ぐ矢の雨が、甲板を針山へと変えていく。

風が強い。前方に広がる大海には無数の波頭が生まれては消え、船を大きく上下に揺さぶる。林英の袍衣《ほうい》はすでにずぶ濡《ぬ》れだった。玄界灘《げんかいなだ》の波は高いと聞かされてはいたが、これほどとは思わなかった。

船頭の話では、左手に見える陸地が巨済島《コジェド》らしい。そしてはるか前方に、薄《うつす》らと島影が横たわっている。

倭人《わじん》の住むという島。あれが、林英の目指す場所だ。ここから見る限りではかなり山が多い。耕地がほとんどなく、相当に貧しい島らしい。不作が続くと、船で林英の国を襲い、穀物や牛馬を略奪することもあるという。だが、他に行く場所はなかった。祖国には、もはや林英の居場所などない。

睨《にら》むように、島影を見つめる。あそこまで行けば、さすがに追っ手も諦《あきら》めるはずだ。あと一歩。あと一歩で、この国を抜け出せる。ここまで来て、追いつかれるわけにはいかない。

ほとんど着の身着のままで江華島《カンファド》を出航して、およそ半月。その間に、五人いた林英の家臣は二人にまで減っている。二人は逃亡し、ひとりは林英の首を手土産に投降しようとして、林英自身の手で斬った。今戦えるのは、もとからこの船にいた兵と合わせて七、八人程度だった。

敵は、左右の後方に一艘《そう》ずつ。二艘とも、おそらく二十挺櫓《ちょうろ》くらいだろう。船体こそこちらより小さいものの、その分船足は速い。このままではいずれ追いつかれるであろうことは、船に疎《うと》い林英にもわかる。

「おい、李三《イサム》！」

「無茶言わんでくれ、これが精一杯だ！」

船尾楼の上から水夫《かこ》たちに指示を出していた船頭の李三が、海の上でもよく通る声で怒鳴り返す。商人らしからぬいかつい顔にも、さすがに焦りの色が浮かんでいた。

林英と李三は、同郷で歳《とし》も近い。武臣と商人という身分の違いこそあるものの、三十年以上の付き合いでそれなり以上の信頼関係を築いている。その信頼に、李三はしっかりと応えてくれた。この男がいなければ、林英は今頃逆賊として江都《カンド》に屍《しかばね》をさらしていただろう。

矢の雨はおさまっていたが、代わりに吹きつける風がさらに強まり、帆の破れ目を拡げていく。追い風だが帆はすでに意味をなさず、櫓《ろ》を握る水夫たちの疲労もあって、船足は相当落ちている。敵船はもう、指呼《しこ》の間《かん》まで迫っていた。

「林英殿、死体を捨てる。あんたも手伝ってくれ」

ほとんど命令するような口調だったが、気にしてはいられなかった。言われた通り、他の兵たちとともにふたつの死体を海に投げ捨てる。今のところ、そのくらいしか自分が役に立つことはない。

海は、さらに荒れてきていた。南西の方角に目を転じれば、水平線のあたりがどす黒く染まっている。遠からず嵐が来るのは間違いない。それでも敵は、引き返そうとしない。嵐が来る前に林英を捕らえ、湊《みなと》まで帰る自信がある、ということだろう。

それにしても、危険を冒していることには変わりない。そんな敵の執念深さに、林英は恐怖も敬意も抱きはしない。ただ、暗澹《あんたん》たる思いに捕らわれただけである。

ひとりひとりの顔がわかるまで、敵は距離を詰めてきている。甲冑《かっちゅう》に身を固めた兵士たちが口々に何か喚《わめ》く。売国奴《ばいこくど》、蒙古《もうこ》の狗《いぬ》、そんなところだろう。

追っ手は左別抄《チャビヨルチヨ》だった。右別抄《ウビヨルチヨ》、神義軍《シンウイグン》と並び三別抄《サムビヨルチヨ》と呼ばれる精鋭部隊のひとつだが、今では権臣たちの私兵と化し、権力争いのための爪牙《そうが》に過ぎない。

櫓床で、悲鳴が上がった。疲労の末、水夫が泡を吹いて倒れたのだ。李三の指示で、兵のひとりが代わって櫓を握る。

一瞬、李三と目が合った。李三は力なく首を振る。もう逃げられない、ということだろう。誰もが、疲労の限界に来ている。この半月、ろくに飲み食いもできないまま、ただひたすら逃げ続けてきたのだ。ここを凌《しの》ぎきったとしても、嵐を避けることはできないだろう。

ここまでか。そう覚悟を決めかけた時、船に大きな衝撃が走った。右後方の敵船が、鉤縄《かぎなわ》を投げてきたのだ。直後、左舷にも数本の鉤が食い込んだ。

「櫓はもういい。武器を取れ！」

李三が叫び、剣を抜いた。商人と海賊の境目などあってないようなもので、李三も例に漏れず、幾多の修羅場をくぐってきている。剣の腕も確かなものがあった。

船頭の下知《げち》に応え、水夫たちは櫓を捨ててそれぞれの得物を構えた。どの顔も頰が削《そ》げ落ち、目はけだもののように異様な光を放っている。

こうなれば、ひとりでも多く道連れにしてやる。林英も、甲板の中央で剣の鞘《さや》を払った。

慣れない船の上での戦い。しかも、立っているのがやっとなほどの揺れ。濡れた甲板に足を取られぬように低く構えた。

「来るぞ！」

甲板を蹴った。右舷から乗り移ろうとしてきた敵兵の首を斬り飛ばす。その首が甲板に落ちる前に、もうひとりの喉を抉《えぐ》った。驚いた顔の下から、鮮血が噴き出した。林英の全身に、熱い血が降り注ぐ。

自ら剣を振るって戦うなど何年ぶりだろうか。かつては蒙古との戦の先頭に立ち、幾度も手柄を立てたものだ。武臣といっても決して家柄がいいとは言えない林英が、正四品《しようしほん》の将軍にまで昇りつめることができたのは、蒙古の侵攻があったおかげだった。

その皮肉を嚙《か》み締めながらも、気持ちは久しぶりに嗅《か》ぐ戦場の匂いに昂《たかぶ》っている。

三人目、四人目を斬り伏せる間に、敵は続々と乗り移ってくる。それでも、せいぜい二十数人。こちらも水夫が全員武器を取っているので、思ったほど数に差はない。

「散るな、固まれ！」

林英は下知を飛ばし、船尾楼の入り口前に立った。ここから先には、行かせるわけにいかない。

味方が次々と集まり、陣を組むような形になった。

「林将軍」

隊長らしき長身の男が、林英に呼びかける。

「もはや、逃げ切ること叶《かな》いますまい。投降されよ」

「断る」

その答えに、敵兵が色めき立つ。飛び出しかける部下を制し、男が再び口を開く。

「これ以上、高麗人《こうらいじん》同士で無益な殺し合いをして、いったい何になるというのです。我らの敵は、かの蛮族どものはずです」

「蛮族か」

思わず浮かんだ冷笑に、隊長が表情を曇らせる。

「私ひとりを捕らえるのに半月もかかる軍が、蒙古に勝てるとは思えんな」

「それで、国を蛮族に売り渡すに等しき行いに加担されたか」

込み上げる怒りを無理やり抑え込むような、硬い声音だった。

蒙古が高麗に侵攻を開始したのは高宗《こうそう》十八年（一二三一）、今から三十七年も前のことだ。

不意を打たれた高麗軍は各所で撃破された。高宗はやむなく蒙古側の要求を呑《の》み、全土に蒙古の監督官であるダルガチを置くことを認めた。その翌年、態勢を整えた高麗軍は反撃に出た。七十二人のダルガチを皆殺しにして、開京《ケギョン》（開城《ケソン》）から江華島へと都を移したのだ。

再び攻め寄せた蒙古軍は水軍を持たないため、江都と改められた新たな都に手出しはできなかった。その代わりに、腹いせのように本土を蹂躙《じゅうりん》し尽くした。徹底した略奪に、本土の将兵と民は山城に籠《こも》らざるを得なくなった。城に逃げ込むことができた者はまだ幸運で、多くの者が殺され、戦利品として捕らえられ、土地を追われて飢えや病に倒れた。

蒙古の侵攻は六回に及び、国土は荒れ果て、山野は屍で埋め尽くされた。

そして十年前、国王を傀儡《かいらい》として政治を壟断《ろうだん》、蒙古への抗戦を続ける崔《チエ》一族に対し、金俊《キムジュン》、林衍《イムヨン》、朴希実《パクフィシル》といった中、下級の将校らが決起した。その結果、四代六十年にわたった崔氏政権に終止符が打たれ、高麗と蒙古の間に和睦が成立する。高麗は、蒙古の属国に堕したとはいえ、長年にわたる蒙古軍の侵攻から解放されたのだ。林英は、崔氏討伐後実権を握った金俊に重用され、彼の推し進める対蒙古恭順路線に積極的に協力していた。

しかし、金俊に心からの忠誠を誓っていたわけではない。金俊も所詮、権力の亡者だった。己の地位を維持するために蒙古に恭順したに過ぎない。それでも林英が彼に従ったのは、そうすることが高麗にとってもっとも賢明な選択だと考えたからだ。蒙古を打ち払う力が高麗にはないことが、度重なる侵攻の度に前線で戦ってきた林英にはわかっていた。だから、売国奴呼ばわりにも耐えることができた。

だが、金俊が対蒙古恭順路線を進める一方、名ばかりだった国王も蒙古とのつながりを強めていった。

王は蒙古と結び、自分たちを倒して実権を取り戻そうとしている。王の動きをそう解釈した金俊は、ついに王の廃位を決意した。そして、高麗王朝そのものを廃し、自らが新たな王朝を開くと。

ここにいたり、林英は金俊と袂《たもと》を分かった。これ以上の混乱が起これば、それを口実に蒙古は完全に高麗を併合し、国は滅びる。祖国の滅亡を食い止める手段は、ひとつしかなかった。金俊の暗殺。

だが、計画は露見した。館が襲われ、林英は李三の船で命からがら江華島を脱出した。それが、半月前のことだ。誰かが裏切ったのか、最初から身辺に密偵がいたのか。考えたところで、最早意味はなかった。

「過ちは、誰にでもあるものです」

感情を抑え込むのに成功したのだろう、隊長はやや落ち着いた声で言った。

「金俊閣下は捲土重来《けんどちょうらい》を期し、蒙古の暴戻《ぼうれい》にも耐え忍んでおられます。ここであなたほどの将を失うのは、高麗にとっても痛手だ。どうか、投降なさってください。罪を償い、いつかまた、蛮族どもの手から祖国を解き放つ戦いに加わっていただきたい」

演技であれば白々し過ぎるし、本気で言っているのだとしたら度し難いほどの愚かさだ。猜疑心《さいぎしん》の塊のようなあの金俊が、自分を生かしておくはずがない。それ以前に、この男は蒙古と戦って本当に勝てると思っているのか。

「将軍、返答や如何《いか》に」

敵兵の、憎悪と軽蔑に満ちた目が林英に注がれている。誰もが林英を国賊と見做《みな》し、その捕縛に当たる自分たちは正義を行っていると信じて疑っていない。

不意に、この連中と話をするのが堪《たま》らなく億劫《おっくう》になった。どれほど理を尽くして語ったところで、どうせ通じはしない。これまで、数え切れないほど経験してきたことだ。

「無駄話をしている暇はあるまい。すぐに嵐が来るぞ」

ほんの一瞬、隊長の視線が海上に向けられた。その刹那《せつな》、林英は手にした剣を投げつける。短刀を抜きながら、剣を叩《たた》き落とした隊長に向けて駆け出した。一気に距離を詰め、鎧《よろい》の隙間を抉る。

隊長が頽《くずお》れるより早く、林英は落ちた剣を拾い上げる。

「おのれっ！」

喚きながら斬りかかってくる兵に向けて踏み込む。剣を握ったままの手首が宙を舞った。さらにひとりの腕を斬り飛ばし、もうひとりの首筋を斬り裂く。味方もそれに続き、瞬く間に乱戦となった。

味方はよく戦っていた。肉体的にも精神的にも極限まで追い詰められ、全員が死兵と化している。その異様な気迫に、敵は気圧《けお》されていた。

潮の香りと血の臭《にお》いが入り混じって船上を満たし、激しくなった揺れとあいまって吐き気を催す。それを堪《こら》えながらさらに数人を斬り倒すと、剣に脂《あぶら》が捲《ま》いて使い物にならなくなった。

不意に、何かが深々と突き刺さった。右の脇腹。目に映る全てが一瞬色を失う。なぜか、痛みはまるで感じない。それでも林英は、これが致命傷になることを悟った。

刺した相手の顔は、林英には見えない。闇雲に、刃毀《はこぼ》れだらけの剣を振る。がつんという重い手応えがあり、足元に白目を剝《む》いた男が倒れた。

脇腹に刺さったままの槍《やり》を抜き、まだ使えそうな剣を拾う。右手に剣、左手には槍を構えた。

今は、倒れるわけにはいかない。自分が倒れれば、この連中は船の中に踏み込む。そこには、林英が命に代えても守らなければならないものがある。

己を叱咤《しった》するように、腹の底から雄叫《おたけ》びを上げた。

それからどう動き、何人斬ったのか、ほとんど記憶はない。我に返った時、敵兵は数人を残すのみとなっていた。林英を遠巻きにして、化け物でも見るような怯《おび》えた顔を向けてくるだけだ。

一歩踏み出すと、ひとりが悲鳴を上げ、背を向けた。それを潮に、他の者も逃げはじめる。船縁《ふなべり》を乗り越え、自分たちの船に引き揚げていった。

船が大きく揺れ、林英はその場に尻餅をついた。右手に何かが触れる。李三の骸《むくろ》だった。

周囲を見回すと、敵味方問わず、林英以外の全員が倒れていた。甲板に広がる血の海には千切《ちぎ》れた腕や腸《はらわた》、汚物が浮かんでいて、船が左右に揺れる度、無数の死体がずるずると甲板を滑っていく。その凄惨な光景を、林英は無感動に眺めた。蒙古の侵攻を受けていた頃は、死体の山など珍しくもなかった。

いつの間にか、ぽつりぽつりと雨が降りはじめていた。凄《すさ》まじい風が吹き荒れ、波濤《はとう》はさらに高く、船を大きく上下に揺さぶる。首を捻《ひね》り、空を見た。水平線の彼方《かなた》にあったどす黒い雲は、もう目前に迫っている。どこをどう流されたのか、前方にあったはずの島が見えない。

剣を杖《つえ》代わりに立ち上がろうとして、体勢を崩して転んだ。それを何度か繰り返し、林英は自分の左腕の肘《ひじ》から先がなくなっていることにはじめて気づく。相変わらず、痛みはどこにも感じない。

むしろ好都合だった。自分にはまだ、やることがある。よろめきながらなんとか立ち、息のありそうな敵に剣を突き立てていく。どうあっても、邪魔されるわけにはいかなかった。

それが終わると、船尾楼に入り、転がるように船倉へ降りた。余計な荷を捨てたため、暗がりが広がるばかりで、がらんとしている。

「待たせたな、戦は終わった。行くぞ」

暗闇に向け、声をかける。

「……どこへ？」

闇の中から、小さく震えを帯びた、か細い声が答えた。林英は、そこにかすかな拒絶の響きを感じ取り、無理もないと内心で呟《つぶや》いた。

少女には、正確な行き先を告げてはいない。とはいえ、万一の場合にと、彼《か》の国の言葉をひとつだけ教えてある。

幼い身の上で異国への旅に同道させられる不幸と、祖国で賤民《せんみん》として一生受け続ける謂《いわ》れなき差別を天秤《てんびん》にかけている暇はなかった。襲撃を受けた江都の館から脱出する際、林英は気づくと、少女の手を引いて走っていたのだ。

たとえ父親が政権の中枢に加わっていたとしても、母が賤民であれば、子は賤民として生きるより道はない。それ以前に、逆賊の一族として、問答無用で首を刎《は》ねられるかもしれないのだ。行き先が見知らぬ異国であれ、そんな祖国に置き去りにするよりははるかにましだろう。そう自分を納得させてきたが、自己欺瞞《じこぎまん》に過ぎないことは先刻承知の上だ。

「とりあえず、上だ」

やり切れない思いを抑え込んで言う。束の間《つかま》の沈黙の後、立ち上がる気配が伝わってきた。自分と同じく、少女にも選択の余地などないのだ。

船の揺れによろめきながら、少女が近づいてきた。林英が仕立てさせた装束《しようぞく》は、半月に及ぶ逃避行の間に汚れ、あちこちがほつれている。その両の手には、布袋に入った一管の笛が握られていた。少女にとっては、母の形見の品だ。わけもわからず船に乗せられた挙句、こんな暗がりにひとりきりにされた少女には、他にすがれるものがなかったのだろう。

再び憐憫《れんびん》の情が込み上げた時、大きく船が傾いた。きゃ、という声が上がる。林英は右手を伸ばし、その細い手首を摑《つか》んだ。

「痛い」

抗《あらが》うような口調で少女が言い、それから、林英の左腕を見て目を見開いた。構わず、手を引いて甲板に上がる。

そこに広がる凄惨な光景を目にし、少女は全身をびくりと震わせた。糸の切れた傀儡《くぐつ》のように力が抜け、倒れ込みそうになる小さな体を辛《かろ》うじて支える。あまりの恐怖に気を失ったらしい。

十歳の娘には、少々刺激が強すぎるか。苦笑を浮かべた時、再び船が激しく揺れた。これまでとは質の違う揺れ方だ。そう思ったと同時にバキバキ、という嫌な音が響き、船体に大きな亀裂が走る。敵船の船首が左舷にぶつかったのだ。

それでも、抱きかかえた少女は目を覚まさない。

自分はもう、長くはない。武臣として権力の中枢に居座り、国を動かしてきたのだ。好むと好まざるとに拘《かかわ》らず、奪ってきた命も多くある。いつ自分が同じ目に遭ったとしても、恨み言を言うつもりはない。

だが、せめてこの少女だけは。林英は生まれてはじめて、心の底から神仏に祈った。

この世に生まれてから、ただの一度も父親らしいことをしてやれなかった。少女の母を救ってやることもできなかった。ひと月前、母子にそれとなく目を配るよう頼んであった李三が、母を亡くした少女を江華島の屋敷に伴ってきた時も、ついよそよそしい態度を取ってしまった。正妻を早くに病で亡くし、他に子もいない林英は、我が子というものとどう接すればいいのかわからなかったのだ。

屋敷が襲撃されたのは、それからたった半月後のことだった。

このまま玄界灘の藻屑《もくず》と消えたのでは、娘の命はあまりに儚《はかな》すぎる。

少女の体を引きずるようにして艫《とも》に向かった。その間にも雨は激しさを増し、天が自分を責め苛《さいな》むかのように全身に叩きつける。

艫に繋《つな》いだ端舟《はしけ》の中に少女を横たえる。気を失っていても、笛は強く握り締めたままだった。林英はこの笛を、少女が生まれる前に見たことがある。その音色も耳にした。

十年以上も前に聴いた旋律を思い起こしながら、端舟を舫《もや》った綱を短刀で切っていく。吹き手と同じく、美しくも哀《かな》しげで、儚さを漂わせる旋律だった。

最後の綱を半分ほど切ったところで、体がふわりと浮くような感じがした。いや、体ではない。信じられないほど高い波に、船全体が持ち上げられたのだ。

甲板から無数の屍が、古くなった人形のように放り出されていく。

高く持ち上げられた船は、ほんの一瞬中空に留《とど》まり、落下をはじめた。林英の体も船を離れ、宙を舞う。

荒れ狂う水面は、はるか下に見える。叩きつけられた船が、衝撃でばらばらに砕けた。周囲の全ての出来事が、やけにゆっくり感じられた。

それにしても、最期に空を飛ぶことになるとは、さすがに思ってもみなかった。生きてさえいればこんなこともあるのだと、どこか心地よくさえある浮遊感に身を委ねながら思う。

ほとんど利かなくなった視界の片隅に、林英は島影を捉える。先刻まで見えていた、対馬《つしま》ではない。もっと小さく、平坦《へいたん》な地形の島だ。その島に舳先《へさき》を向け、端舟は木の葉のように漂っている。少女の体は、奇跡的に舟底におさまっていた。

薄れゆく意識の中で、林英は胸を撫《な》で下ろした。私に似ず、おまえは強い運を持っている。だから、なんとか生きて……。

そこで、林英の思考は途切れた。はるか上空から海面に叩きつけられ、全身の骨が粉々に砕ける感触を味わうことはない。深く冥《くら》い海にゆっくりと沈みながら、林英は遠い故郷へ帰るような懐かしさを感じている。

第一章　邂逅

一

右手で水を掻《か》くと同時に顔を上げて、大きく息を吸い込んだ。

潮の香りが、つんと鼻を衝《つ》く。この瞬間が二郎《じろう》は好きだった。

海の色は、青よりも碧《みどり》に近い。中天からやや西に傾いた日の光が波間に揺れ、泳いでいる最中でも眩《まぶ》しいくらいだ。

嵐は夜明け前に去り、昨夜あれほど荒れ狂っていた海も、昼頃には普段の姿を取り戻していた。盂蘭盆《うらぼん》もすんで夏の盛りは過ぎているが、降り注ぐ日差しはいまだ強く、こうして泳いでいても、うなじから背中にかけて火で炙《あぶ》られているように熱い。

先を泳いでいるはずの宗三郎《そうざぶろう》の姿は見えない。もう、ずいぶん先まで行っているらしい。二郎よりもふたつ下の十二歳だが、剣も相撲も泳ぎも、おおよそ体を動かすことに関しては、ほとんど敵《かな》わない。

もともと二郎は、泳ぎは別として、外で遊ぶのがそれほど好きではなかった。

「二郎さは家の中で絵ばっかり描いとるけん、強うならんたい」

宗三郎はそう言って笑うが、商人の子である自分には、剣も相撲も必要ない。もちろん、絵もそうだが。

島までは、残り五町（約五五〇メートル）ほど。ということは、もう、十五町近く泳いでいることになる。さすがに、そろそろ息が上がってきた。

ここを越えると、あの感覚がやってくる。ふと疲れが消え、自分の体が水とひとつになったような、あの感じだ。どこまでも泳いでいける、そんな気さえする。

やがて、全身が恍惚感《こうこつかん》に包まれかけた頃、陸地が近づいてきた。もう少しこの感じを味わっていたかったが、これ以上宗三郎を待たせるわけにもいかず、島の西側にある唯一の浜に上がる。小さな入り江の奥にあるその浜は幅一町足らずの狭さで、両側には磯《いそ》が広がっている。

周囲を囲む岩山に風が遮《さえぎ》られるせいで、浜は蒸し暑い。足の裏から伝わる砂の熱さを感じる。頭に縛りつけた着物を入れた包みを足元に下ろし、周囲を見回した。

ほとんどが岩ばかりの小さな島だった。というよりも、島自体が海から飛び出した岩山のようなものだ。遠くからは何度も目にしているが、実際渡ってみるとまるで印象は違う。二十丈（約六〇メートル）近い高さの岩山はほぼ垂直にそびえ、麓《ふもと》に立って見上げる剝《む》き出しの岩肌は、異様な迫力を放っている。頂上近くには松の木が生えていて、数十羽の海鳥たちが飛び交っていた。

浜に、宗三郎の姿はない。おそらく、痺《しび》れを切らして先に行ってしまったのだろう。

麻の小袖を着込んで短い袴《はかま》をつけ、草鞋《わらじ》を履いた。水を入れた竹筒は腰にぶら下げる。壱岐《いき》風本《かざもと》の湊《みなと》にほど近い、天ヶ原《あまがはら》と呼ばれる浜から北東におよそ半里（約二キロメートル）の、名もない島だった。

何の変哲もない無人島だが、周囲の大人たちはなぜかこの島を神聖視していて、渡ることはおろか、近づくことも禁じられている。それが、宗三郎の好奇心を刺激してしまったらしい。二郎は止めたが、ひとりでも行く、この島にいったい何が隠されているのか暴いてみせると息巻く宗三郎に押し切られて、同行する羽目になったのだ。

島は、ひとまわりしてもせいぜい三町ほどだが、この浜と両側のわずかな磯を除けば、切り立った断崖がそのまま海にまで落ち込んでいる。

どうしたものか思案している二郎の耳に、聞き慣れた声が聞こえてきた。

「おーい、二郎さ！」

見ると、浜の北側、海に突き出た岩場の上から、宗三郎が手招きしている。

早足で砂浜を横切り、二丈近い高さを苦労してなんとか這《は》い上がった。

「遅か」

待ちくたびれたといった顔で、宗三郎が言う。半里近くを泳いだ直後だというのに、まるで疲れたようには見えない。

身なりは二郎と似たようなものだが、背には諸々の道具を入れた包みを括《くく》りつけ、腰には、武士の子らしく脇差《わきざし》をぶち込んでいる。

前方には、侵入者がこれ以上島の内側に踏み込むことを拒むかのように、切り立った崖がそびえている。

こうして並ぶと、背丈こそ二郎よりも頭半分ほど低いが、水夫《かこ》のようによく焼けた体ははるかにがっしりしている。顔つきも、ぼんやりした印象を与えがちな二郎に似ず、童《わらべ》のくせに言いようのない迫力のようなものまで漂わせていた。今も、利かん気の強そうな秀でた眉の下で、やや切れ長の目が鋭い光を放っている。

「とりあえず、島をぐるっと回ってみるか」

宗三郎は、二郎の答えも待たず歩き出した。崖の下の狭い足場をなぞるように、一歩ずつ慎重に進んでいく。無論、道と呼べるようなものは存在しない。喘《あえ》ぎ喘ぎ上り下りする二郎をよそに、宗三郎は岩から岩へぴょんぴょんと飛び移っていき、その背中は見る見る小さくなっていった。

どれだけ進んだのか、はるか前方で宗三郎が足を止めているのが見えた。こちらを振り返り、興奮を滲《にじ》ませた声で叫ぶ。

「見つけた！」

やっとのことで追いつき、二郎は声を上げた。

切り立った岩肌に、割れ目が生じていた。高さは二間（約三・六メートル）、幅は一間弱といったところか。深さがどれほどかは想像もつかない。ただの洞穴でないことは、入り口を封印するように張り渡された注連縄《しめなわ》が示している。すなわち、そこから先は神仏の領域に属するということだ。

宗三郎は包みを解いて松明《たいまつ》を取り出し、火打石で器用に火を点《つ》ける。

「行こう」

躊躇《ためら》うことなく足を踏み出す。

「お、おい、本当に行くと？」

祟《たた》られるたい。そう口に出す前に、宗三郎が振り返った。

「せっかくここまで来たんじゃ、祟りなんぞに怯《おび》えて引き返せん」

「なんぞって……」

「そんなに怖いなら、二郎さはここに残っとればよか。俺ひとりで行くけん」

そう言って、宗三郎は注連縄をくぐった。

こうなっては、黙って待っているわけにはいかない。意を決し、二郎も後を追った。

穴は想像以上に深く、しばらく進むうちに日の光は届かなくなった。宗三郎の持つ松明だけが頼りだ。

と、いきなり何かが凄《すさ》まじい速さで飛び出してきて、二郎は思わず「うひゃあっ！」と悲鳴を上げた。

「ただの蝙蝠《こうもり》たい」

頭を抱えてしゃがみこんだ二郎の耳に、宗三郎の落ち着いた声が響く。

「二郎さは怖がりやね」

「しゃあしか。いきなりで驚いただけたい」

何事もなかったように立ち上がり、気恥ずかしさをごまかす声で宗三郎を促す。

「ほれ、さっさと進まんね。日が暮れてしまうと」

一本道で迷う心配はないが、足場が悪いのは難儀だった。二郎は何度も剝き出しの岩に足の小指をぶつけ、その度に悶絶《もんぜつ》する羽目になった。穴は奥へ行けば行くほど低く、狭くなっていく。

苦労しながらさらに十間ほど進むと、部屋のような空間に出た。黴《かび》を思わせる、むっとする臭《にお》いが満ちている。どうやらここで行き止まりらしい。そこへ足を踏み入れた瞬間、背筋に何か冷たいものが走った。全身の肌を、湿り気を帯びた風が撫《な》でるような感覚。

その部屋は、二間四方程度の小さなものだった。虫や鼠《ねずみ》の鳴き声も聞こえない。冷え冷えとした、それでいてじっとりと湿った静寂に支配されている。

目を凝らし、部屋を見回す。その奥に何があるのかを理解して、二郎も宗三郎も全身を強張《こわば》らせた。

屍《しかばね》。宗三郎が、松明を近づけた。死後どれほど経《た》っているのか、ほとんど干からび、骨と皮だけになっている。眼窩《がんか》は二つの虚《うろ》と化していて、これが生きた人間だったとはとても思えない。壁に背をもたせかけて足を伸ばし、両腕で太刀《たち》を抱きかかえるようにして座っている。

着ている物は朽ち果てているが、傍らには錆《さび》に覆われた鎧兜《よろいかぶと》が無造作に転がっている。塵芥《ちりあくた》が積もって蜘蛛《くも》の巣まで張ってはいるが、赤糸縅《あかいとおどし》の鎧には丁寧な細工が施され、兜は鍬形《くわがた》を打った、ずいぶんと立派な造りのものだった。

「落ち武者たい」

宗三郎がぽつりと呟《つぶや》く。

「落ち武者?」

このあたりで戦があったなどという話を、二郎は聞いたことがなかった。時折対馬の島民が高麗まで出かけて海賊働きをすることがあるらしいが、鎧兜の武者が活躍するような類《たぐい》の戦ではない。壱岐でも村同士の水争いなどが稀《まれ》に起こるが、戦と呼べるようなものではなかった。

「平家《へいけ》の落人《おちうど》かもしれん」

「そげなこつが……」

壇ノ浦《だんのうら》で平家が滅びたのは、今から八十年以上も前のことだ。源平《げんぺい》の戦など、昔話以外の何物でもない。

「まあ、誰でもよか」

呟き、宗三郎は松明を押しつけてきた。

「おい、どげんすると？」

二郎の声を無視して屍に歩み寄り、太刀に手をかけた。蜘蛛の巣を払い除《の》け、鯉口《こいぐち》を切る。じゃり、という不快な音がした。二尺（約六〇センチメートル）を超える太刀に苦労しながら刀身を引き抜く。

暗がりの中でも、錆だらけなのがわかる。腕を伸ばし、松明の灯《あか》りを近づける。刀の知識など二郎にはないが、鞘《さや》や鍔《つば》の細工を見れば、この太刀がかなりの逸品だったらしいと知れる。

宗三郎は、熱に浮かされたような恍惚とした表情で、刀身に見入っていた。

「この太刀ば、俺がいただいてもよかか？」

「よかか、って言われても」

「決めた。俺がいただくたい」

「いただいてどげんすると？　錆だらけじゃなかか」

「研《と》げばよか」

「ばってん、ばれたら怒られっと」

「ばれんかったらよか。どっかに上手《うま》いこと隠すけん」

言い出すと聞かない。ため息をつき、好きにさせることにした。宗三郎は嬉《うれ》しそうに、太刀を腰に差した。


「結局、お宝は錆《さ》びた太刀一本だけか」

穴の外に出て、二郎は皮肉をこめて言った。が、よほど上機嫌なのか、宗三郎の耳には届かない。その様子を見て、宗三郎もやはり武士の子なのだと思った。錆だらけの刀など手に入れて何が嬉しいのか、二郎にはまるで理解できない。

西に傾きはじめた日の光が、きらきらと水面に照り返されている。穴にいたのはほんの短い間だったが、日差しがやけに懐かしく感じられた。

洞窟の先は切り立った崖になっていて、足の踏み場はなかった。やむなく、島をひとまわりするのは諦《あきら》めて砂浜に引き返すことにした。

「なんね、あれ」

砂浜が見下ろせるあたりで、宗三郎は足を止めた。

「あれば、見てくれんね」

指差した先は、砂浜のさらに向こうに広がる磯だった。そこに、一艘《そう》の小さな舟が見える。浜に上がった時にはなかったものだ。

「どこの舟や？」

「わからんけん、とにかく行こう」

岩をひょいひょいと軽やかに飛び、宗三郎はどんどん先へ行く。遅れないように、二郎も続いた。

やや大きな岩に乗り上げた小舟は、かなり傷んでいた。どうやら、相当な距離を流されてきたらしい。中を覗《のぞ》き込んで、二郎と宗三郎は思わず顔を見合わせた。

見たことのない形の装束《しょうぞく》に身を包んだ少女が、仰向《あおむ》けに横たわっている。少女は見たところ、まだ十歳になるかならないかといったところだ。かすかに胸が上下しているので、死んではいない。少女とともに舟底に納まった櫂《かい》は、使われた形跡がない。

かなり汚れてはいるが、元は品のある薄い水色だっただろう上衣《うわぎ》に、胸のあたりまである長くゆったりとした、鮮やかな桃色の袴。長い髪はうなじのあたりで束ね、後ろに垂らしている。これも見たことのない結い方だった。

昨夜の嵐で流されて来たのだろう、細面《ほそおもて》の顔は日に焼け、肌は乾ききっている。それでも、よく整った目鼻立ちをしていることはわかった。

「どげんすると？」

宗三郎が、珍しくうろたえた声を出す。

「どげんするって……」

と、少女が両手で握り締めているものが目に入った。一尺ほどの細長い布袋。

「笛、か……？」

なぜか気になって、少女の手からそれを取ろうとした刹那《せつな》だった。

いきなり手首を取られ、強く引っ張られた。驚いて見ると、目を覚ました少女が大きく口を開けている。

直後、がぶり、という音が聞こえたような気がした。同時に凄まじい激痛が右手に走る。

「あだ、あだだだっ……！」

慌てて手を引っ込めようとするが、少女の見かけによらず頑丈な歯は、食い込んで離れない。

「わかった、俺が悪かったばい、離してくれんね……！」

何が悪いのかわからないまま謝るが、犬のような唸《うな》り声を上げる少女は、まるで聞く耳を持たない。

「このガキ、離さんね！」

宗三郎が少女の頭と顎《あご》を摑《つか》んで口を無理やりこじ開けて、ようやく二郎は解放された。右手には、くっきりと歯形がついている。

文句のひとつも言ってやろうと睨《にら》みつけた時、少女は船縁《ふなべり》に足をかけ、ぴょんと跳んだ。岩の上に立ち、呆気《あっけ》に取られる二郎たちを見下ろす。そして、周囲をきょろきょろと見回した後、はじめて口を開き、甲高い声で何事か叫んだ。

無言のまま、二郎と宗三郎は顔を見合わせる。少女が何を言ったのか、まるで理解できなかったからだ。

「どうやら、この国の者と違《ちご》うとるようたい」

二郎の言葉に、宗三郎は一瞬眉をひそめた。

「たぶん、昨日の嵐で、どこか違う国から流されてきたと」

少女は自身の背丈ほどある岩の上から、大きく黒目がちな眼を吊《つ》り上げてこちらを見下ろす。

「なあ、悪気はなか。何にもせんけん、な？」

野良猫に呼びかけるような声で言うが、少女から警戒の色は消えない。笛をぎゅっと握り締めたまま、射るような視線を向けてくるだけだ。

「な、って、どうするつもりね」

「わからん。わからんけど、ほっとくわけにはいかん」

両手を広げて害意がないことを示しながら一歩近づくと、同じ分だけ少女も後ずさる。彼女の顔は、こちらには向けられていない。その視線の先に何があるか気づいて、二郎は振り返った。

「宗三郎、太刀ば置け。脇差も」

「なんね、俺たちを海賊か何かと思いよっと？」

不服そうに言うと、渋々といった様子で大小を鞘ごと抜き、足元の岩に置いた。

「ほれ、これでわかったと？　危ないけん、降りて来んね」

精一杯の笑顔で言って、手招きする。少女の周囲に巡らされた張り詰めた糸が、ほんの少しだけ緩んだように見えた。しばらく、無言のまま見つめ合う。まだ硬さの残る視線を柔らかく包むように、二郎は受け止めた。その努力が実ったのか、少女はようやく一歩を踏み出す。

次の瞬間、二郎と少女は同時に声を上げた。苔《こけ》に足を滑らせた少女の体が、大きく左に傾く。

思わず、二郎は飛び出した。岩の真下に走り寄ったところで、少女の小さな体が落ちてきた。足を踏ん張り、腕を広げてなんとか抱き止めた。潮の匂いの中にほんのわずかだけ混じった甘い香りが鼻をくすぐる。両腕の中の感触に、やわらかいな、という場違いな感想を抱いた直後、今度は踏ん張っていた二郎の右足がつるりと滑った。

「わわっ！」

視界が急転し、ごちん、というかつて聞いたことのない音が響いた。目の玉が飛び出したかと思うほどの衝撃が、後頭部に走る。「んぎゃっ……！」という踏まれた蛙《かえる》のような情けない声が、意思に反して漏れた。

「二郎さ、大丈夫か？」

慌てて駆け寄った宗三郎の声が、やけに遠くに聞こえる。悶絶する二郎の顔を、四つん這《ば》いになった少女が心配そうに覗き込む。

「ああ、痛か。死にようかと思ったばい」

体を起こし、頭をさする。それを見て、宗三郎は堰《せき》を切ったようにけたけたと笑い出した。

「笑い事じゃなか」

「無茶ばしよるけん、そげん目に遭うと」

笑い転げる宗三郎は放っておいて、少女に声をかけた。

「怪我《けが》はないと？」

少女の顔に警戒の色はもうほとんどなかったが、代わりに視線を下に落とし、かすかに表情を曇らせている。釣られて視線の先を追うと、二郎の左手の甲から血が流れていた。転んだ時に、すりむいたのだろう。よく見ると、右腕や足にも小さな傷がいくつもできていた。気づいた途端、傷は痛みを主張しはじめた。

「こんぐらい、どうってことなか。唾《つば》でもつけとけば治るったい」

本当は泣きたいくらい痛いが、やせ我慢して笑みを浮かべる。

「二郎さ、顔が引き攣《つ》っとっと」

「しゃあしか」

そんなやり取りに、少女は戸惑ったように小首を傾《かし》げた。やがて、固く引き結ばれていた少女の口から、何か言葉が漏れた。

「……コマウォヨー」

無論意味などわかるはずもないが、たぶん、礼を言われたのだろう。よく聞けば、透き通ったきれいな声で、二郎は少し戸惑った。どう返せばいいのか思案していると、少女がまた口を開いた。

「タ、タ……」

懸命に何かを伝えようとしているらしいが、よく聞き取れない。「え?」と訊《き》き返しても、少女はもどかしそうに唇を嚙《か》むばかり。

大丈夫だ。怖がることはない。そんな気持ちを込めて、二郎は微笑を作る。

「タス、ケ……テ。タスケ、テ」

ゆっくりと、しかしはっきりと少女が言った直後、ぎゅるるるる、というおかしな音が響いた。

少女は腹のあたりを押さえ、恥ずかしそうに顔を伏せた。

砂浜に戻り、腰に吊るした竹筒を手に取った。

先に二郎が飲んで見せて、手渡す。少女は少し戸惑ったような顔をしたが、すぐに口をつけ、喉《のど》を鳴らして飲んだ。

二郎は、食べる物を探しに海へ出た宗三郎が戻るまでの間、砂浜に腰を下ろして筆談を試みた。読み書きはしっかりと仕込まれていたので、多少の自信がある。

拾った小枝で砂に『二郎』と書いて、自分を指差す。少女は束の間目《つかま》を瞬かせ、小さく頷《うなず》く。少し思い出すような顔をし、やがて『麗花』と書いて、自分を指した。どうやら、漢字は通じるらしい。

「れい、か?」

読んでみると、少女は小さく首を振った。形のいい唇が、ゆっくりと動く。

「ヨ、ファ」

その不思議な響きの名を、口の中で何度か呟いてみた。

麗花は地面を指差し、何事か尋ねた。

「ここか。ここは……」

『日本、壱岐』。書いて示すと、麗花はようやく合点がいったというように、頷いてみせた。

二郎の父は、博多《はかた》の宋人《そうじん》商人謝国明《しゃこくめい》の番頭で、壱岐での商いを任されている。そのおかげで、二郎は海の向こうにも多くの国があり、様々な肌の色をした人々がいることを理解していた。

『高麗　宋　蒙古』

砂に書いて促すと、麗花は指差した。

「高麗、か」

「コリョ」

間違いを正すように麗花が言った。彼《か》の国の発音では、そうなるらしい。

高麗なら、父が何度も行っている場所だ。父の船に乗せてもらえば、国に帰ることができる。そう伝えようと思ったが、どう説明すればいいのかわからなかった。

二郎も、周囲の大人たちの話から、高麗という国の事情をある程度は知っている。二郎が生まれるはるか昔から、蒙古の軍勢に国土を蹂躙《じゅうりん》され、今は完全な属国と化しているらしい。

とにかく、麗花を風本まで連れて行かなければならない。二郎の知る中で、高麗の言葉を十全に話せる者は他にいない。あの父のことだ、快く力になってくれるだろう。父は自らも船に乗り込み、博多や高麗、あるいは南宋と飛び回っていて家を空けがちだが、幸いここ数日は屋敷に腰を据えている。

それからほどなくして、海から宗三郎が上がってきた。両手に、鮑《あわび》を三つ抱えている。

「こいつは宗三郎。俺の弟みたいなやつたい」

二郎が砂浜に名前を書くと、麗花は軽く頭を下げた。

宗三郎は答えず、小柄《こづか》を器用に使って鮑の殻を外した。それを無言で差し出す。麗花は高麗の言葉で何か言ったが、まだ動いている鮑が怖いのか、口をつけようとはしない。

「なんね。鮑は嫌いか」

宗三郎はもうひとつ殻を外して食らいついた。それを見て、麗花も恐る恐る身を口に運んだ。

「マシッソヨ」

一口かじって、驚いたように言う。よほど腹が減っていたのだろう、大きく口を開け、残った身に食らいつく。

「何て言うたと?」

「わからんけど、美味《うま》か、っちゅう意味じゃなかか?」

怪訝《けげん》な顔の宗三郎から小柄をもぎ取り、貝を開いた。

「マシ……ソヨ」

身を口に放り込んで真似《まね》して言うと、麗花はもぐもぐと口を動かしながら小さな笑みを浮かべる。眉を八の字にして目尻を下げる、やわらかな笑い方だった。

はじめて見せた笑顔に、二郎は心の臓がひとつ、大きく波打ったような気がした。

二

「あかん、気持ち悪か」

船縁を両手で摑み、二郎は呻《うめ》き声を上げた。

海は凪《な》いでいても、揺れることには変わりない。あちこちが傷んだ小舟とあってはなおさらで、波に持ち上げられる度に、二郎は腸《はらわた》がぐるぐると掻き回されるような錯覚に陥った。

「船頭の息子のくせに、情けなか」

艫《とも》に立って櫂を操る宗三郎が、呆《あき》れ顔で言う。

「誰の息子だろうと、苦手なもんは苦手ばい」

息も絶え絶えに言って、竹筒の水を喉を鳴らして飲む。心配そうに何か言う麗花に大丈夫だと手を振るが、虚勢もいいところだった。

我ながら情けないとは思うが、これまで、大小を問わず、舟に乗って酔わなかったことは一度もない。泳げばずいぶんと遠く感じる半里という距離も、舟で行けば大した時はかからない。それでも、二郎にとっては永遠に等しい長さだ。

「さっき食った鮑が、腹ん中で『出せ、出せ』って騒いどる」

「もうちょこっとで岸やけん、我慢せんね」

船縁にしなだれかかりながら、首だけ捻《ひね》る。舳先《へさき》の向こうには、茜色《あかねいろ》に染まりかけた空の下、鍋蓋のように平べったい壱岐の岸辺が横たわっている。正面の狭い湾の奥に、小さな砂浜が見える。両側を切り立った崖に挟まれたその浜が、天ヶ原だった。

ここからさらに十町ばかり西へ歩いて、ようやく風本の浦に着く。

直接風本の湊に上がれば早いのだが、神域とされる島に行っていたことが大人たちに知れるのはよろしくない。というわけで、二郎と宗三郎はあらかじめ口裏を合わせ、天ヶ原へ水練に出かけると、麗花の乗った小舟が打ち上げられていた、ということにした。そのために、わざわざこんな遠回りをしているのだ。

浜が近づいてきた。もう少しの辛抱だ。そう念じて、騒ぎ続ける鮑を無理やり押さえつけた。

浜に上がり、周囲を見回した。漁師の使う小屋がいくつか見えるが、人影はなかった。宗三郎はどこかから菰《こも》を拾ってきて、目立つ太刀をくるんだ。

しばらく歩くうちに日はすっかり沈んでしまったが、月明かりのおかげでそれほど不自由はない。麗花は途中何度か、墨を塗りたくったような空に点々と浮かぶ星を見上げ、小さなため息をついた。

風本の浦は、壱岐の北端に位置する、天然の良港だった。町は、入り江を囲むように広がっている。背後には山並みが迫り、平地は狭い。それでも家の数は多く、百軒近くがひしめき合うように軒を並べている。

途中、例の太刀を隠すため、入り江の東側にある宗三郎の家に寄った。網代垣《あじろがき》で囲まれた、小さな家だ。

「ちょこっと待っててくれんね」

太刀を抱えた宗三郎は盗《ぬす》っ人《と》のように腰を曲げ、網代垣の破れ目からこそこそと自分の家に入っていった。

宗三郎の父伴弥七郎《ばんやしちろう》は、壱岐の守護代、平景隆《たいらのかげたか》の郎党だった。と言っても、この島の他の武士たちと同じく決して豊かではない。浦の外れにある小さな給田で、下人たちに交じって自ら耕作をしなければ、生活は立ち行かない。

博多で生まれた宗三郎が壱岐に移り、子宝に恵まれなかった弥七郎夫妻の養子となったのは今から三年前のことだ。近在の子供たちが読み書きを学ぶために集まる寺ではじめて会った時の目つきは、今でも二郎の目蓋《まぶた》に焼きついている。童らしさのかけらもない、冷え冷えとした目。自分と周囲の間に目には見えない壁を作っている。そのことが、二郎にははっきりとわかった。

親の噂話《うわさばなし》を引き写しにした他の子供たちの口から、宗三郎の母親が博多唐人街の遊女で、どうやら宋の生まれらしいこと、壱岐に来て伴家の養子になったのには、何か大っぴらにできない類の事情があるらしいことを、しばらくして二郎は知った。

狭い浦で余所者《よそもの》、しかも異国の遊女の子となれば、悪童たちのいじめの対象にはうってつけだった。二郎は、たったそれだけで他人を蔑《さげす》む連中に加わることはしなかったが、進んで宗三郎を庇《かば》うようなこともなかった。要するに、傍観していたのだ。

しかし宗三郎は、そうした罵詈雑言《ばりぞうごん》に徹底して無視を決め込んでいた。しばらくすると、悪童たちも飽きたのか、宗三郎に見向きもしなくなった。あるいは、何の反応も示さない相手に言い知れぬ気味の悪さを覚えたのかもしれない。

宗三郎が島に来て半年ほどが経った、暑い日のことだった。寺からの帰り道、二郎は数人の悪童に囲まれた。宗三郎に絡んでいた連中だ。

「おい。お前、生意気ばい」

言ったのは、太一《たいち》という網元の息子だった。二郎のふたつ上で、腕っぷしの強さで鳴らしている。

「ちょこっと学問ばできるからって、よか気になるな」

面倒なことになった。どうやらこの連中は、次の標的に自分を選んだらしい。

「おい、なんとか言わんね」

太一の腕が胸元に伸びてきた時、二郎の耳元を何かが掠《かす》めた。次の瞬間太一が仰《の》け反《ぞ》り、仰向けに倒れる。太一の眉間《みけん》に直撃したのは、拳《こぶし》大ほどの石だった。

「宗三郎っ！」

ひとりが叫び、二郎は振り返った。宗三郎は、口元に冷酷な笑みを湛《たた》え、残った五人の悪童たちを眺め回している。

「畜生、やっちまえ！」

それから五人が這いつくばるまで、それほどの時間はかからなかった。宗三郎は嬉々《きき》とした表情で殴り、蹴り、投げ飛ばす。たった九歳の童とは思えない、慣れた動きだった。

恐る恐る礼を言うと、宗三郎は首を振った。

「礼はいらん。代わりに」

それから少し口籠《くちごも》った後で、顔をちょっと俯《うつむ》けて続ける。

「代わりに、俺に読み書きば、教えてくれんね」

二郎は、吹き出しそうになるのをなんとか堪《こら》えた。宗三郎の読み書きは、寺の師匠も匙《さじ》を投げるほどだったが、まさかそれを気に病んでいるとは露ほども思わなかった。

「今、笑ったと？」

慌てて神妙な顔を作り、頭《かぶり》を振る。

こうして宗三郎は、毎日のように二郎の家にやってくるようになった。案の定、読み書きはほとんど上達しないままに投げ出されたが、付き合いはそれからも続いた。接しているうちに、宗三郎はただ、自分の思ったことを素直に出すのが苦手なだけなのだとわかってきた。要するに、不器用なのだ。今では二郎も、宗三郎のことを手のかかる弟のように感じている。


しばらく待つと、宗三郎が戻ってきた。太刀は軒下に隠してきたという。幸い、誰にも見咎《みとが》められることはなかった。

二郎と父の住む屋敷は、ここから一町ほどしか離れていない。しかし、百姓家と大差ない宗三郎の家と違い、風本の浦でも有数の広さだった。母は早くに亡くし、兄弟もいないが、母屋《おもや》と使用人や水夫たちの住む長屋、さらに蔵が三つ。行き場のない娘ひとりの面倒をしばらく見るくらいは、どうということもなかった。

「おかえりなさいませ、若旦那。宗三郎さんも」

出迎えたのはお春《はる》という、二郎が物心ついた頃からいる中年の下女だった。宗三郎が遊びに来るのはいつものことだが、二郎の後ろに隠れた麗花には、さすがに驚きの声を上げた。

「あれまあ、その童はいかなる？」

事情を説明し、身の回りの世話を頼んだ。父は、夕方出かけたきり、まだ戻っていないらしい。

井戸水で塩を落として着替えをすませると、夕餉《ゆうげ》の支度ができていた。庭に面した母屋の客間に、膳が置かれていた。並んでいるのは、飯を盛り付ける椀《わん》と汁物、焼いた鯛《たい》や野菜の煮付け、漬物など。山ばかりの対馬に比べ、壱岐は土地が平坦《へいたん》で田畑も多い。米や野菜に困ることはあまりない。

「二郎さの家に来ると、美味いもんが食えるからよか」

臆面もなく口にする宗三郎に苦笑していると、奥の遣戸《やりど》が開かれて、お春に付き添われた麗花が入ってきた。蒸し風呂で体を洗い、薄桃色の小袖を身につけている。お春の娘が以前着ていたものらしい。

見違えるほど身ぎれいになった麗花に、二郎も宗三郎も思わず飯を掻き込む手を止めたが、本人は慣れない着物のせいか、そわそわと落ち着かない。

夕餉をすませた頃、表が騒がしくなった。

「おーい、帰ったぞぉ」という、明らかに酔っ払った声が聞こえる。やれやれといった顔で、お春が部屋を出ていった。

しばらくして、遣戸が勢いよく開かれた。

「おお、その娘か。二郎が連れ帰ったというのは」

ようやく帰宅した喜平次《きへいじ》は、部屋に入るなり大声で喚《わめ》いた。

元々は武士だったらしいが、どういった出自なのかは二郎もよく知らない。何度尋ねても真面目に答えようとはしないので、いつしか訊くのを諦めていた。ただ、言葉には若干の東国訛《なま》りがある。

口の周りに蓄えた髭《ひげ》を撫でながら覚束《おぼつか》ない足取りで腰を下ろし、赤ら顔で愉快そうに笑う。いつものように、商人仲間の家で呑《の》んでいたらしい。水干《すいかん》の襟元はだらしなくはだけ、烏帽子《えぼし》も傾いている。

齢《よわい》五十。目も鼻も口も大ぶりないかつい造りの顔に、太くがっしりとした丸太のような腕。これが自分の父親かと思うほど、二郎と似たところがなかった。商人というよりも水夫といったほうがしっくりくるような風貌だが、今は泥酔状態で弛緩《しかん》しきっている。切れ長の目は、ちゃんと開いているのかどうかさえ怪しかった。

「ふむふむ、なるほどのう」

喜平次は陶磁器の品定めでもするように、麗花の顔を覗き込む。

「これは、なかなかの器量良しになるな。二郎、おまえにしてはでかしたぞ」

好色そのものといった顔つきで言い、酒の臭いをぷんぷんと漂わせる父に、二郎は少し不安になった。案の定、麗花は困りきった顔で、こちらに助けを求めるような視線を送ってくる。

「お父《とう》、何か勘違いしとらんか。べつに、嫁を連れて来たわけじゃなか」

「なんだ、違うのか。まあいい。誰か、酒を頼む」

「まだ呑むと？」

呆れる二郎をよそに、廊下の外から「へえ、ただいま」というお春の声がした。

「こりゃ、話にならんたい」

運ばれた酒を手酌でぐいぐい呷《あお》る喜平次に、宗三郎がため息をつく。立ち上がったかと思うと、「明日、また来るけん」と言い残し、さっさと帰ってしまった。

結局、その日は喜平次が潰《つぶ》れてしまったせいで、ろくな話もできなかった。やむなく自分の部屋に帰り、床についた。麗花は母屋の空き部屋で休ませるよう、お春に頼んだ。

色々なことがあって、体はへとへとだった。天井をぼんやり見上げながら、高麗という異国に思いを馳《は》せる。

頭ではわかっていても、自分たちとはまるで違う言葉を操る人間と直《じか》に接するのは新鮮な驚きだった。父の扱う、大陸から運ばれてきた織物や陶磁器や絵を眺めるのとは、まるで違う。確かに、そこに人が生きているということが実感できた。

麗花はどんなところで生まれ育ち、どんな暮らしをしていたのだろう。そんなことを考えながらうとうとしていると、どこからか声が聞こえてきた。美しく、透き通ってはいるが、哀《かな》しげな声。かすかにしか聞こえないものの、それは確かに唄だった。耳に馴《な》染《じ》みのない、不思議な旋律だった。お春は長屋に帰ったので、唄声の主は麗花以外にいない。

部屋に行ってみようかと思ったが、もう少しこの唄を聴いていたかった。目を閉じて唄声に耳を澄ませているうちに、二郎は眠りに落ちていた。

翌朝、麗花とともに朝餉《あさげ》をすませたところで、宗三郎がやってきた。二郎は喜平次を叩《たた》き起こし、麗花と話すように頼んだ。だが、宿酔《ふつかよい》に苦しみながら喜平次が訊き出せたことは、それほど多くはなかった。

麗花が生まれたのは、かつて高麗の都だった開京にほど近い、貧しい村だった。ひと月ほど前、女手ひとつで麗花を育てた母が亡くなり、現在の都である江華島に住む、生まれてから一度も会ったことのなかった父に引き取られた。父は高麗王朝に仕える武臣で、この国の武士に当たる存在らしい。

喜平次の言うところでは、高麗の王は名ばかりで、武臣と呼ばれる、戦を生業《なりわい》とする人々が実権を握っていた。その関係は、京の朝廷と鎌倉《かまくら》の幕府に近いものがあるという。その中でも麗花の父は、かなりの高位にあったらしい。

だが、父に引き取られた直後、政変が起こった。屋敷が軍兵に襲われ、麗花はわけもわからないまま父に手を引かれ、船に乗せられた。それから半月近くの間、半島の沿岸を逃げ回り、一昨日の嵐に巻き込まれたという。「助けて」という言葉は、父から唯一教えられた日本語だった。

父がなぜ襲われたのか、麗花にはわからなかった。母がなぜ死んだのか尋ねても、話したくないと沈痛な面持ちで首を振る。昨日かすかに見せた笑顔の片鱗《へんりん》も、今日はどこにも見えない。

「お父。麗花はこれからどうなると？」

尋ねると、喜平次は腕組みして表情を暗くした。

「漂流民は、大宰府《だざいふ》を通じて送り返すことになっておる」

「ばってん、身寄りもなか、下手《へた》したら殺されるかもわからんようなところたい。そげんところに追い返すと？」

「ならば、どうしろと？」

逆に尋ねられて、二郎は黙り込んだ。

「今は、色々と難しい。形として、高麗は蒙古に服属しておる。その蒙古からの通好を求める使者を、鎌倉は黙殺した」

「それとこれと、何の関係があると？」

「日本と高麗が、戦になるかもしれんということだ」

喜平次は珍しく真面目な顔で言ったが、二郎にはなぜそんなことになるのか、まるで理解できなかった。

「戦になると？」

尋ねたのは、宗三郎だった。横顔にも声にも、かすかな昂《たかぶ》りを滲ませている。

「わからん。だが、鎌倉の方針が今のままでは、そうなる見込みが強いな。誰しも、仲良くしようと手を差しのべた相手に無視されれば頭に来る」

「そんな……」

子供じみた理屈で、国と国の戦がはじまるというのか。そう言いかけたが、父はわかりやすく喩《たと》えただけなのだろうと思い直し、口を噤《つぐ》んだ。

「守護代殿の許《もと》にも、蒙古の襲来に備えよとの下命が鎮西奉行《ちんぜい》からあったそうだ」

今の鎮西奉行は少弐資能《しょうにすけよし》で、壱岐・対馬の守護も兼ねている。そんな命が来ているのなら、本当に戦が近いのかもしれない。

喜平次の話では、蒙古という国は信じられないほど広大で、兵も精強らしい。もとは唐土《もろこし》の北に広がる荒野に住む一部族に過ぎなかったが、六十年ほど前に現れたチンギスなる王が北方の諸部族を統一して以来、旭日《きょくじつ》の勢いで版図《はんと》を拡大した。その国土は、東は女真《じょしん》・高麗、西は碧眼《へきがん》に白い肌、金色に輝く髪を持つ人々が住まう地にまで及び、日本などその何十分の一にも満たないという。

　あまりに途方もない話で、どこまで本気にすればいいのかわからなかった。髪が金色で肌が白い人間が本当にいるなど、とても信じられない。だが、いつになく真剣な口ぶりで語る父が、嘘《うそ》をついているとも思えない。

　現皇帝はフビライ。兄に当たる先帝の陣没後、熾烈《しれつ》な後継争いの末に弟を追い落とし、数年前に名実共に帝位を手中にしたばかりだった。齢五十あまり、空前の大帝国の皇帝たるにふさわしい威厳を備えた、英邁《えいまい》な人物との評判らしい。

　対する鎌倉の執権は、この三月に就任したばかりの北条時宗《ほうじようときむね》、弱冠十八歳ということだった。

「そんな国と戦ばして、勝てると？」

　さすがの宗三郎も、喜平次の話に気を呑まれたらしい。

「さあな。だが、戦になれば確実に、この地も巻き込まれる。多くの者が命を落とすだろうな」

「それなら、何で鎌倉は蒙古の使いを無視しよると？」

「鎌倉の連中とて阿呆《あほう》ではない。蒙古がどれほど強大な国か、知らんということはあるまい。となると、何かしらの思惑があるということになるが、戦になって困るのは民だ。まったく、これだから武士という生き物は……」

そこで宗三郎の顔をちらと見て、喜平次は言葉を切る。

「話がずれたな。とにかく今は微妙な時期だ。高麗からの漂流民となると何かと問題がある」

とにかく、まずは本人の意思だ。そう言って、喜平次は高麗の言葉で麗花に尋ねた。

黙って聞いていた麗花は途中で目を見開き、怯えた表情で何度もかぶりを振る。何事か必死に訴え、床に額を擦《こす》りつけんばかりの勢いで頭を下げる。

喜平次が困り果てた様子で声をかけるが、麗花は頑として頭を上げない。もうお手上げだと、喜平次は嘆息を漏らす。

「お父……？」

「あの国には帰りたくない、帰る場所がない。そう言っている」

ほんの十歳程度の子供が吐くには、重過ぎる言葉だ。言葉も通じない異国の地でたったひとりになっても、帰りたくない。それほど、麗花の生きてきた歳月は辛《つら》いものだったのだろうか。

不意に麗花がわずかに顔を上げ、上目遣いでこちらを見た。嘆願するような口調で何か言う。意味は通じなくても、思いは伝わってきた。

「お父、なんとか麗花をここに置いてやることはできんとやろか？」

意味なく大声で喚き、額を床に押しつけた。父に頭を下げて頼み事をするなど、生まれてはじめてのことだ。父は腕組みして、目を閉じて考え込む。その間、二郎はずっと頭を下げていた。

しばらくの沈黙の後、喜平次が目を開いて言った。

「二郎、おまえには言っていなかったが」

顔だけ上に向け、父を見上げる。

「俺は、本当は娘が欲しかったんだ」

「は？」

「だからまあ、これもいい機会だ」

そう言って、喜平次は麗花の頭をぽんと叩く。それからいかつい顔に浮かべた笑みを、二郎と宗三郎に向ける。

「二郎、妹の面倒はしっかり見ろよ」

まだ理解できずにいる二郎たちに構わず、高麗語で何か言った。

ようやく頭を上げた麗花にさらに二言、三言と重ねる。耳を傾けるうち、麗花を覆った悲愴《ひそう》な雲が晴れ、童らしい明かりが差した。喜平次といくつか言葉を交わした後、溌《はつ》剌《らつ》とした所作でこちらに向き直り、何か言って頭を下げた。これまで聞いた麗花の声からは想像もつかない明るさに戸惑っていると、見かねたように喜平次が通訳した。

「よろしくお願いします、だそうだ」

「あ、ああ、こちらこそ。ほれ、おまえも」

「何で俺まで」と抗弁する宗三郎の頭を摑み、無理やり下げさせる。

「さて、家族も増えたことだし、祝いをせねばな」

そう言って、喜平次は上機嫌で酒の支度を命じた。宿酔は、もうどこかに吹き飛んでしまったらしい。酒が運ばれてくると、麗花に酌をさせ、ぐいぐいと盃《さかずき》を重ねていく。

「めでたい席だ、おまえたちも吞め」と、二郎たちもなかば強引に付き合わされた。

「そういえば」

喜平次は、赤みの差した顔を麗花に向けると、何事か言葉を交わした。不自由なく言葉を交わすふたりを羨《うらや》ましいような腹立たしいような気分で眺めていると、麗花が立ち上がり、部屋の隅に置いてあった、あの布袋を手にした。

口を開いて取り出すと、やはり中身は笛だった。

「唐笛《からぶえ》というやつだな」

喜平次が呟いた。木でできた横笛で、形は日本のものと大差はない。

板敷きの床の上に端座し、麗花は笛を構える。瞑目《めいもく》し、大きく息を吸い込んで吹き口に唇を合わせた。

音色そのものは、日本の笛と変わりはなかった。しかし、その音色が奏でるのは、これまで耳にしたことのない不思議な旋律だった。拍子はゆったりとしていても、旋律はあくまで重く、もの哀しい。

二郎は、横目で麗花を窺《うかが》った。二重の目蓋はしっかりと閉じられ、先のやや丸い小ぶりな鼻の下、ふっくらとした唇から息を吹き込んでいる。先ほどまでとは打って変わって、その横顔はとても十歳前後の童とは思えないほど大人びて見えた。

不意に、拍子が速くなった。高く低くうねる荒波のように、激しさを増していく。眼前に、麗花が巻き込まれたという嵐の海の光景が広がるような気さえする。

麗花は額に玉の汗を浮かべながら、何かに抗《あらが》うように激しく吹き続ける。あまりに苦しげなその様を見て、二郎は胸を締めつけられるような思いがした。だが、やめさせようと腰を上げかけても、麗花の奏でる調べに搦《から》め捕られたかのように、体が動かない。音曲に心を奪われるなど、はじめてのことだった。喜平次も宗三郎も、呑まれたように麗花に見入っている。

徐々に音が弱まり、やがて途切れる。麗花が笛から口を離し、演奏は終わった。訪れた静寂の中、小さく頭を下げる麗花の顔は、また少女のそれに戻っている。

突然できた妹をどう扱ったものか、二郎にはわからない。にもかかわらず、ひとりきりになるのが不安なのか、麗花は二郎の傍《そば》を片時も離れず、どこへ行くにもついてくる。無論宗三郎に相談したところで解決するはずもなく、まずは言葉だろうという妥当な結論に落ち着いた。扱い方もなにも、言葉が通じなければどうにもならない。父がいる時は昼夜を問わず高麗の言葉を教えてくれとせがみ、自作の帳面に書き取っていく。よくよく考えると、父に教えを請うなどはじめてのことだった。父が不在の時は館の庭で、小枝と土を筆と紙の代わりにして、互いの言葉を教え合った。二郎が枝で地面に絵を描いて発音し、それを麗花が繰り返す。講義はそんなふうにして行われた。

絵を描くのは、幼い頃から好きだった。

父の商いで取り扱う宋の絵画に魅せられたのは、物心ついてすぐの時分だ。それ以来、商いに使った反古《ほご》などを集めては日がな一日、余白に絵を描いて過ごした。息子の趣味を知った父は、宋から絵を仕入れる度に二郎を呼び、鑑賞させた。子供の頃から鑑定眼を鍛えさせていずれ商いの役に立てようという魂胆《こんたん》だったらしいが、幼い二郎はそんな思惑と関わりなく、遠い異国の絵が見せてくれる、自分の知らない世界に没頭していった。

仏画や肖像画など様々な題材の中でも、二郎がもっとも強く惹《ひ》かれたのは山水画だった。

優美で繊細な柔らかい線から、激しく力強いうねるような線までその筆遣いは多様で、とても墨だけで描かれているとは思えないほど、彩りに溢《あふ》れていた。目の前に実際に広がっているかのような深山幽谷《しんざんゆうこく》の世界は、どれほど眺めても飽きるということがなかった。

いつか、こんな絵を描いてみたい。できることなら、絵を生業としたかった。とはいえ、自分は商人の子だ。父の跡を継ぐはずだったふたつ上の兄は二郎が物心つく前に夭《よう》折《せっ》し、その衝撃から立ち直れず病に倒れた母も、それからほどなくして他界した。父は後妻を迎えることもなく、二郎は母というものを知らずに育った。

とにかく、父の跡を継ぐのは自分しかいない。そう意識するようになってから、絵師になりたいという思いは、叶《かな》うはずのない夢として心の奥底に封じ込めてある。

麗花が館に来てからもうじきふた月になろうかという頃、島に野分《のわき》が来た。海に出ていた漁師が、南西の空に広がるどす黒い巨大な雨雲が迫って来るのを見て、慌てて湊に戻ったのだ。

「野分、ナンデスカ?」

麗花に尋ねられ、二郎は言葉に詰まる。絵には描きにくいので、「ザーザー」とか「ビュービュー」とか言いながら身振り手振りで説明するが、麗花は首を傾げるばかりだった。

「まあ、もうすぐ実物が来るけん、見たらわかるとよ」

父は商用で博多に行っていて、館に男手はほとんどなかった。お春や年老いた使用人たちに交じって、二郎も野分を迎える支度を手伝った。大急ぎで雨戸を閉めて鎧戸を下ろし、その外側にさらに板を打ちつける。

そうした作業がほとんど終わった頃、徐々に強まっていた風に生暖かさが加わった。空はすでに一面の雨雲で覆い尽くされ、すぐに猛烈な勢いで雨が降り出す。一瞬でずぶ濡れになった二郎たちは、慌てて母屋の中に避難した。

入り口の全てを塞《ふさ》いでも、屋根や壁を叩く雨音と、出来損ないの笛のような風の音が、屋内に凄まじい大きさで響く。がたがたと戸や板が鳴り、母屋全体が揺さぶられる。

「こりゃ、大きか」

部屋に戻り、手拭いで髪を拭きながら二郎は呟いた。野分は年に何度も来るが、これほど大きく激しいものは記憶になかった。宗三郎の家は大丈夫だろうかと、ふと心配になる。

夕餉の支度ができたので、部屋まで麗花を呼びに行った。

声をかけても、返事がない。遠慮がちに障子を開けた二郎は、部屋の隅で手足を引っ込め、亀さながらにうずくまった麗花の姿に唖然《あぜん》とした。

「麗花、夕飯たい」

呼びかけても、返事はない。二郎が部屋に入ったことにも気づいていないのだろう。野分がよほど恐ろしいのか、全身を小刻みに震わせている。気丈に振舞ってはいるが、やっぱりまだ子供だ。安堵《あんど》に似た思いに苦笑しつつ、丸めた背中をぽんと叩いた途端、麗花はびくりと大きく体を震わせた。ぎょっと、伏せた顔を上げて二郎を見る。汗だくのその顔には、恐怖や不安や絶望や、そういったあらゆる負の感情が表出していた。

「お、おい……」

手を差しのべるが、二郎の存在そのものを拒むように、麗花は尻餅をついたまま後ずさった。鬼か物《もの》の怪《け》でも見るような目つきに、二郎は少なからぬ衝撃を受ける。野分を怖がるにしても、この怯えようは明らかに度を越している。

「麗花、落ち着け。俺たい、二郎たい！」

両肩を摑み、雨や風の音に負けない大声で喚くと、ようやく麗花は我に返ったようだった。悪い夢から覚めたような虚脱した顔で、ぼんやりとこちらを見る。

「二郎……？」

虚《うつ》ろな声が耳朶《じだ》を打った次の瞬間、激しい雷鳴が轟《とどろ》いた。小さく悲鳴を上げ、二郎の胸に顔をうずめる。

「心配なか。すぐやむけん、大丈夫たい」

小さな肩に腕を回しながら、麗花が嵐で父を亡くしていたことを思い出す。その時の記憶が蘇《よみがえ》って、麗花をこれほどまでに怯えさせている。そう解釈した二郎は、震える背中をさすりながら大丈夫、心配ない、と声をかけ続けた。他にできることは、何もなかった。

野分は風本の浦に大きな爪痕を残したが、それはいくつかの家の屋根を吹き飛ばしたり、湊の船を何艘か壊したりという類のもので、幸いにも死人や行方知れずが出るということはなかった。

あれほど怯えていた麗花も、嵐が去るとすぐに、いつもの調子を取り戻した。環境がそうさせたのか、あるいは元々物覚えがいいのか、驚くほどの速さで日本の言葉を話せるようになっていった。

二郎と麗花が互いの言葉を学んでいる間、宗三郎は庭で木刀を振るか、弓の稽古をしていた。弓の的は宗三郎が勝手に置いたものだ。自分の家でやればよさそうなものだが、宗三郎の家の庭が狭いために、場所が取れないのだ。

「つまらんたい」

的のほぼ中心に突き刺さった数本の矢を引き抜き、宗三郎がぼやいた。

「剣の稽古ば、しよう」

「どうせ負けるけん、嫌たい」

「そぎゃん情けなかことばっか言っとるから、強うならんたい」

「俺は商人の子たい。剣の稽古なんかせんでよか」

最近は麗花にかかりきりで、宗三郎の稽古に付き合ったり遊んだりすることがほとんどなかった。たまに山や海に繰り出しても、麗花がいるのでそれほど危険な遊びはできない。そのせいで、宗三郎はこのところ機嫌が良くない。

「それやったら、おまえもこっちば来て勉強せんね」

苦笑混じりに手招きすると、宗三郎はぷいと顔を背けた。

「いらん。俺は武士の子たい。学問なんかせんでよか」

「そげんこつなか。これからは武士も学問ばできんといかんって、お父が言うとった」

「しゃあしか。学問なんかせんでも、戦で手柄ば立てたら出世できるったい」

「戦なんか……」

どこにもないと言いかけて、不意に父の言葉を思い出した。蒙古や高麗と戦になるかもしれない。そう言われたところで現実感などないが、敵が対馬やこの壱岐に攻めて来ることもじゅうぶんにあり得る。想像し、二郎は身震いした。

「戦なんか、ないほうがよか」

思いのほか大きく出た声に、麗花が小さく体を震わせる。宗三郎は、憮然《ぶぜん》としてまた弓の稽古をはじめた。

幼い頃、昔話として聞かされた刀伊《とい》の入寇《にゅうこう》の話を、二郎は思い起こした。寛仁《かんにん》三年（一〇一九）のことと言うから、今から二百五十年も昔の話だ。

五十隻、三千余人という大軍で突如来寇した刀伊、すなわち女真族は、対馬を瞬く間に蹂躙し、壱岐に襲来した。当時の国司藤原理忠《ふじわらのまさただ》は軍を率いて果敢に迎撃に出たが、衆寡《しゅうか》敵せず大敗を喫し、理忠自身も討死する。戦陣の作法に則《のっと》って名乗りを上げ、矢合わせから一騎打ちを挑む理忠たちに対し、敵は集団で攻め寄せてきた。戦い方がまるで違う上に、敵の鏃《やじり》には毒が塗ってあり、かすり傷だけでも命を落としたという。

理忠の軍を粉砕した敵は各所で放火や略奪を繰り返し、島中が阿鼻叫喚《あびきょうかん》の地獄と化す。家々は焼き払われ、最後まで抵抗を続けた壱岐嶋分寺《とうぶんじ》も灰燼《かいじん》に帰した。老人と子供は斬殺《ざんさつ》され、牛馬や働き手になりそうな男女は船に連行された。敵が去った後、島で生き残ったのはわずか三十五人だけだったという。その話を聞かされる度、二郎は恐ろしくて眠れなくなったものだった。

かつて壱岐を地獄に変えた女真族は今、蒙古に服属しているという。蒙古と戦になるようなことがあれば、かつての惨劇が繰り返されるかもしれない。それでも宗三郎は、嬉々として戦場に馳せ参じるのだろうか。薄暗い予感めいたものが胸中に広がる。

「二郎、ドウシタ？」

麗花が、心配そうに覗き込む。

「なんでもなか」と手を振って答え、沈みかけた気分を引き上げる。

「続きば、はじめると」

小枝を握り、講義を再開する。視界の隅で宗三郎が矢をつがえ、弦《つる》を引き絞っている。

放たれた矢は、小気味いい音とともに的の真ん中に突き立った。

三

文永《ぶんえい》六年（一二六九）、麗花が日本で迎えた最初の正月に、二郎は十五歳になった。

麗花の日本語は、ゆっくりであればなんとか日常の会話ができるくらいまでに上達している。

壱岐に来た当初が嘘のように、笑顔を見せることが多くなった。屋敷の使用人や水夫、そして宗三郎とも徐々に打ち解け、喜平次の娘として認知されはじめていた。周囲の事物にも積極的に興味を示し、言葉や習慣を自分のものにしようと努めている。狭い浦のことで、麗花が高麗からの漂流民であることは周知の事実だったが、壱岐随一の長者である喜平次の娘ということで、守護代の役人が何か言ってくるようなことはない。

年が明けて数日が経った頃、二郎と麗花、喜平次の三人は筑前《ちくぜん》博多の町にいた。麗花はもちろん、二郎もはじめて訪れる場所だ。

博多の町は、博多浜と海に突き出た息浜《おきのはま》という、細い陸橋でつながれた南北ふたつの町から成る。博多浜は、まだ鴻臚館《こうろかん》が栄えていた頃から交易で賑《にぎ》わい、異国人も多い。対して船着場のある息浜は、ここ数十年で開かれた、新興の町だ。どちらの賑わいも、風本の湊とは較《くら》べるべくもない。

ちょうど市の日だったらしく、町を南北に貫く大通りには人が溢れ、それを当て込んでか辻々《つじつじ》で催馬楽《さいばら》や軽業《かるわざ》、傀儡《くぐつ》といった芸人たちが人だかりを作っている。

船酔いの余韻に加え、あまりの人の多さにさらに酔いそうになっている二郎をよそに、高麗風に髪を結い、喜平次が新たに仕立てたチマ・チョゴリを着た麗花はあらゆるものに興味津々で、市に並ぶ品々や辻芸人の芸にじっと見入っている。

先を行く喜平次は怒るでもなく、むしろいちいち引き返しては、頼まれてもいないのに「どうした、どれが欲しい？　これか、ん？」などと言って、玩具や髪飾りや団子や饅頭《まんじゆう》を買い与えている。

だらしなくにやけながら呆れるほどの親馬鹿ぶりを発揮する喜平次に、麗花もありがたいような困ったような、複雑な表情を浮かべている。そして、父が勝手に買い込んだ品々を持たされるのが二郎の役目だった。

どうやら娘が欲しかったというのは偽らざる本音だったらしく、その溺愛《できあい》ぶりは二郎を含めた周囲を閉口させるほどのものがある。館に帰ってきては、まず出迎えた麗花の頭を撫で、酒を呑む時は酌をさせて、片時も手放そうとしない。

そんな喜平次が、主人である謝国明に娘の自慢話を吹聴《ふいちよう》したとしても、まるで不思議はなかった。おかげで、二郎と麗花は正月早々船に乗せられ、冬の玄界灘を渡る羽目になった。

目指す謝国明の館は、承天寺《じようてんじ》から櫛田《くしだ》神社界隈《かいわい》に広がる、唐房《とうぼう》と呼ばれる地域にある。その名の通り、唐人たちの街だ。上は何艘もの交易船を抱える大商人から下は水夫に遊女まで、様々な種類の人間が所狭しとひしめき合って暮らしている。博多に住むおよそ五千人のうち、千人近くが宋人だという。

その唐房に足を踏み入れた途端、町並みががらりと一変した。赤や黄色といった、派手な色が目に飛び込んでくる。それは、行き交う人々の着物の色だったり、建物の壁の色だったりした。

雑然とした通りには、異国風の着物に身を包んだ人々が足早に行き交い、聞いたことのない言葉が飛び交っている。高麗の言葉とはどこか違う。これがたぶん、宋の言葉なのだろう。やけに甲高く、早口でまくし立てるような印象だ。はじめは喧嘩《けんか》でもしているのかと思ったが、どうやら宋人は皆こうした喋《しやべ》り方らしい。

道の両側には所狭しと見世棚がひしめいていて、その多くが食べ物を出している。通りには、肉の焼ける脂《あぶら》っぽい匂いや、得体の知れない調味料の香りが満ちているが、二郎は食欲をそそられるどころか、胸焼けが悪化する心地だった。

「あれは？」

麗花が、一軒の店を指差した。数人の客が椀を手に、何か細長い物を器用に啜《すす》っている。

「ああ、あれは、うまく食べるのにちとコツがいるが、慣れればなかなかいけるぞ」

喜平次の説明を上の空で聞きながら、二郎も麗花も周囲をきょろきょろと見回す。街そのものが発する熱気のようなものに、二郎はただただ圧倒された。

「泥棒だ！」という声が響いたのは、櫛田神社の鳥居が見えてきたあたりだった。

「この糞《くそ》ガキが！」

おかしな発音の罵声が響き、見世棚の主らしき男と仲間たちが、ひとりを袋叩きにしている。よく見ると、麗花と同じくらいの年頃の童だった。着ている物からして、おそらくは宋人だろう。その脇には、砂だらけの小さな饅頭がひとつ落ちている。行き交う人々は、何も目に入らないかのように、歩みを止めず通り過ぎていく。

そちらへ向かって、麗花が一歩前に出た。

「おい、麗花？」

その声を無視していきなり飛び出すと、男のひとりを突き飛ばし、童を庇うように両手を広げた。

「なんだ、てめえは。引っ込んでろ」

「高麗人のガキが、何の真似だ？　てめえらは、蒙古相手に尻尾振ってりゃいいんだよ」

罵声を次々に浴びせられても、麗花は唇を引き結び、男たちを睨みつけている。目の前の光景に腹を立てたというだけでは説明できないほど、その視線には憎悪のようなものが籠められている。

「構わねえ、まとめて痛めつけてやれ」

突き飛ばされた男が、顔を真っ赤にして叫ぶ。男が麗花に向かって伸ばした腕を、喜平次が背後から摑んだ。

「もういいだろう」

「てめえ、関係ねえだろうが」

「相手は童ではないか。そのくらいにしておけ」

懐から巾着《きんちゃく》を取り出し、男たちに数枚の銅銭を握らせる。

「大丈夫？　怪我はない？」

男たちが悪態をつきながら立ち去ると、麗花は童に手を差しのべた。

だが、童はそれを無視し、ひとりで立ち上がった。砂埃《すなぼこり》に汚れた着物はつぎはぎだらけで、元が何色だったのかさえわからない。

童は不敵ささえ漂わせるゆっくりとした所作で饅頭を拾い、砂を払って口に放り込む。すりむき、血の滲んだ顎をぐちゃぐちゃと動かしながら、こちらを睨みつける。まるで、富める者全てが憎いといった、憎悪に満ちた目つき。その態度に啞然としているうちに童は踵《きびす》を返し、駆け去っていった。

「なんね、せっかく人が……」

「まあ、そう言うな」

憤懣《ふんまん》やるかたない二郎に、喜平次が苦笑を浮かべて言う。

「やけど、銭まで遣って助けたのに」

「あの童がいつか有徳人《うとくにん》になって、うちのいい得意先にならんとも限らん。そうなれば、今遣った銭など大したものではない」

まるで納得がいかないが、童の背中を目を細めて見送る父は、本気でそう思っているようだった。

二郎は、あの童の目に籠められた憎しみの深さを思った。周囲の全てを敵と思い定めているようなあの目つきは、出会った頃の宗三郎とどことなく似ていた。あいつも、壱岐に来るまではあの童と似たような暮らしをしていたのだろうか。

「ごめんなさい」

面倒を招いたと思ったのか、麗花は申し訳なさそうに頭を下げた。それから、囁《ささや》くような小声で漏らす。

「昔のこと、思い出してしまいました」

「昔?」

尋ねた二郎を拒絶するように、麗花は激しく首を振った。よほど、思い出したくなかったことなのだろう。

「まあ、昔何があったかは知らないが、あまり無茶な真似はするなよ。今は、お前は俺の大事な娘なんだ」

恥ずかしげもなく言う喜平次に少し躊躇うような表情を浮かべた後、麗花は小さく頷きを返した。

「それじゃあ、行くとするか」

父の後について歩きながら、二郎は思いがけず示された麗花の別の一面に戸惑っていた。

麗花にしても宗三郎にしても、危うい目に遭ったこともなく、食うに困ったこともない自分には想像もつかないような日々を過ごしてきたのだろう。これまで何不自由なく生きてきたという事実が、二郎の胸を締めつけた。

櫛田神社の隣にあるその屋敷に着いた頃、空はもう薄い藍色に変わりつつあった。

喜平次が訪《おとな》いを入れると、高くそびえ立つ門柱の上に赤色の甍《いらか》を頂いた楼門が大きな音を立てて開いた。

中には、異国情緒漂う庭園が広がっていた。色とりどりの見たこともない花々が咲き乱れ、広い池のほとりには朱色に塗られた四阿《あずまや》が建つ。庭園を横切ると、喜平次の館などよりはるかに大きい建物があった。その入り口で、宋の装束をまとった若い女が出迎えた。

長い廊下を進み女が押し開いた黒檀《こくたん》の扉の先は、金銀や珊瑚《さんご》、翡翠《ひすい》、真珠などで飾り立てられた豪奢《ごうしゃ》な客室だった。惜しげもなく灯《とも》りが点され、外よりも明るいくらいだ。二郎は焚《た》き染《し》められた香の匂いに、先ほどまでのささくれ立ったような気分が霧散していくのを感じた。

部屋の中央には、大きな丸い卓が置かれている。女に促され、二郎たちは卓を囲む椅子に腰を下ろした。椅子に敷かれた毛氈《もうせん》のおかげで、座り心地はいたっていい。

「主はただ今まいりまするゆえ、しばしお待ちください」

そう言うと、女は踵を返した。

二郎は、部屋に足を踏み入れた時から、壁に飾られた掛軸が気になっていた。目を凝らして注視するうちに、「ああ！」と思わず大声を出してしまった。

「い、いかがなさいました？」

何事かと振り返った女の声も耳には届かず、二郎は椅子から立ち上がる。吸い寄せられるように一幅の山水画に顔を近づけ、まじまじと見つめた。

高くそびえる雄大な山々に、深い谷底を流れる清流。生い茂る松の木は、葉の一本一本まで詳細に描かれている。落款《らっかん》の類はどこにもないが、精緻で写実的でありながら、どこかに温かみも残した筆致には、見覚えがあった。我知らず、呟きが漏れる。

「李唐《りとう》、か」

百年以上前に、宋で活躍した宮廷画家だ。

「ほう、これは驚いた。その若さで、李晞古《りきこ》をご存知か」

背後からかけられた声に、はっと振り返る。開いた扉の向こうに、ひとりの小柄な老人が見えた。

「時の皇帝に重く用いられ、人物画、花鳥画などあらゆる分野に精通していたが、私は特に、彼の山水画が好きでしてね」

「これは、国明様」

腰を上げかけた喜平次を鷹揚《おうよう》な手つきで制し、微笑を浮かべながら言う。

「よくぞ参られた、喜平次殿。そちらが例の、絵画好きの御子息ですかな？」

国明の操るこの国の言葉は、滑らかでどこにも澱《よど》みや訛りはなかった。柔らかい視線を受け、二郎は自然と頭を下げた。

「その若さで、なかなかに見る目をお持ちのようだ。お父上の教育の賜物《たまもの》でしょうな」

「いやいや、私はただ、好きなだけ絵を見せてやっただけで」

我が子が褒められて嬉しいのか、喜平次は照れたように頭を掻いた。

「『李唐は、李思訓《りしくん》に比ぶべし』。李唐を重用した、宋の高宗《こうそう》の言葉です。李唐は北宋の滅亡とともに滅びかけた水墨画を、南宋へと引き継ぎました。すなわち今の水墨画は、李唐あってのものと言っても過言ではない。その功績は、唐代の李思訓と比べても何ら遜色はない。

しかしながら、晩年の彼の絵は、政治の匂いを漂わせていた。いや、政治に利用されたと言ってもいい。宮廷画家という立場上やむをえなかったのやもしれませんが、惜しむらくは、その一点でしょうな。どうやら文化というものは、政治とは切っても切れない関係にあるらしい」

本当に残念そうに言い、「まあ、小難しい話は後にしましょう」と再び鷹揚な笑みを作る。椅子に腰を下ろすと、今度は麗花に顔を向けた。

「そちらが、麗花殿ですな。お噂は、かねがね伺っておりますぞ」

喜平次が散々娘自慢を聞かせた相手というのが、南宋出身の博多綱首《こうしゅ》、謝国明だった。綱首というのは、交易を生業とする商人とか船頭とかいった意味合いの漢語だ。

博多一の豪商と聞いて、押し出しの強い剛毅《ごうき》な人物を勝手に想像していたが、それとはずいぶんと印象が違う。細い目と見事な福耳、長く伸ばした真っ白な顎ひげが特徴と言えば特徴で、後はごくごく普通の老人にしか見えない。腰も曲がりかけていて、おそらく、齢は七十を超えているだろう。

元は武士だったという父が、どういう経緯で国明の番頭になったのか、詳しいことは知らない。だがふたりが話す様子からすると、番頭と主人というよりも、古くからの友人というふうに見える。

「では、早速お耳を拝借いたします」

喜平次が促すと、麗花は立ち上がり、袋から笛を取り出した。どうやら喜平次は、麗花の笛を聞かせるためにはるばる博多まで出向いてきたらしい。

吹き口に唇が当てられ、演奏がはじまった。給仕の女たちは退出し、聴衆は二郎と喜平次、国明の三人だけだ。

広い部屋に、はかなげな旋律が響き渡る。国明は、目を細めて音色にじっと耳を澄ませ、時折小さく頷いている。こうした場に出ても麗花の笛はいつも通りで、まったく臆した様子はない。見かけによらず、度胸は据わっているのだ。

「やあ、お見事」

演奏が終わり、沈黙の余韻にしばし浸った後、国明は手を打って麗花を称《たた》えた。

「天賦《てんぷ》の才とは、この事を申すのでしょうな。この歳《とし》でこれほどの腕前とは末恐ろしい。いやいや、素晴らしいものを聴かせていただいた。その笛も、かなりの名器のようですな」

麗花は小首を傾げ、少し考えた後で答える。

「母の、形見です」

「そうですか。音は、奏者の心を映す鏡のようなもの。あなたのお母上に対する思いが、音色を清らかで澄んだ、美しいものへと高めているのでしょう」

孫を愛《め》でる祖父のような温かい眼差《まなざ》しを向けられ、麗花は照れたように顔を俯けた。

「では、よき演奏のお礼と申しては何ですが」

国明が手を叩くと、入り口の扉が開かれた。

給仕の女たちが料理を運んでくる。山海の珍味が山盛りになった大小の皿で、卓上は瞬く間に埋め尽くされた。香辛料が惜しげもなく使われていて、独特の香りが鼻孔をくすぐる。

それからは、卓を囲んでの歓談となった。国明の話は政治から歌舞音曲、日本や南宋といった様々な国の歴史や文化までと幅広く、退屈することがない。中でも二郎は、大陸の画家たちの話に熱心に耳を傾けた。

卓に並ぶのは魚が中心だが、何皿か肉料理もあった。最初に摘《つま》んだのは、羊《ひつじ》という獣の肉だった。どんな生き物なのかさえ知らないが、香辛料をふんだんに使っていて、味は悪くない。ただ、どれもはじめての味付けばかりでやけに濃厚なものが多く、はっきり言って口に合わない物もいくつかあった。

「異国の酒の味を知っておくのも、悪くありますまい」

謝国明に命じられて、給仕の女が二郎の盃に酒を注ぐ。

透き通った独特の風味の酒だった。酒に詳しくはないが、日本のものよりもずいぶんと強い。口に残った脂っこさを吹き飛ばし、脳味噌《のうみそ》を揺さぶるくらいの威力があった。

「美味い」

盃を呷ると、自然と言葉が漏れた。

酔いが回ってきたせいか、口に入れる物全てが美味に感じる。女たちが小皿に取り分けてくれる料理を、確かめもせず手当たり次第にぱくついた。特に気に入ったのは、一寸（約三センチメートル）ほどの大きさの揚げ物で、かりっとした食感と香辛料の味がなかなかいける。

「おお、これは美味か。いったい何やろう？」

隣の喜平次が、にやにやしながら答える。

「ゲンゴロウだ。そっちは蟬《せみ》で、それはサソリという生き物……」

「もうよか」

口に運びかけたゲンゴロウを皿に戻し、酒で口を洗う。無難な物を選んで口直しした。

酔いが回ってきた頃、国明が盃を置き、「さて」と一同を見回した。

「ここでひとつ、私の抱える一座をご紹介いたしたいが」

そう言うと、国明は背後の扉を振り返った。

大きく開かれた扉の向こうから、きらびやかな絹の衣装を身にまとい、楽器を携えた男女が現れた。

笛や琴、それから笙《しょう》に太鼓。二郎の知っている楽器はそこまでだった。他には、見たことのない弓にも似た弦楽器や、木の枠に吊るされた、麗花の体ほどもある大きな銅鑼《どら》などなど。

その巨大な銅鑼が打ち鳴らされ、腹の底まで震えるような音が部屋中に轟いた。それを合図に演奏が開始される。

途端、二郎は体がふわりと浮き上がるような感覚に捕らわれた。酒のせいではない。まぎれもなく、この音曲の持つ力だ。

笛と笙の音が高々と響き、いくつも並べられた琴が華やいだ旋律を奏でる。銅鑼や太鼓は軽妙な拍子を打ち、それに合わせて女たちが愉《たの》しげに唄い、長い袖を翻《ひるがえ》しては、風に舞う花びらのように軽やかに飛び跳ねる。二郎は我知らず足を動かして、とんとんと拍子を取っている。

麗花がいつも吹くような哀しげな音色は、微塵《みじん》も含まれていない。数多《あまた》の楽器が絡み合い、渾然一体《こんぜんいったい》となって紡ぎ出す旋律はあくまで明るく、喜びに満ちている。

こんな音曲もあるのか。新鮮な驚きだった。演奏が終わっても、昂った心はなかなか静まらない。気づくと、二郎は立ち上がって力いっぱい手を叩いていた。喜平次は目を細めながら盃を傾けている。麗花は、一滴の酒も口にしてはいない。にもかかわらず、陶酔した表情で、退出していく一座を見つめている。

「いかがですかな？」

国明の顔が、虚脱したようにぼんやりと座る麗花に向けられる。

「今ご覧に入れたのは、生きる喜びを全身で感じ、神仏に感謝を捧《ささ》げるための舞いです。歌舞音曲は、辛いことや哀しいことを表現するだけのものではない。人の心を浮き立たせ、力を与えることもできるのです」

麗花は一瞬逸《そ》らしかけた視線をもう一度国明に向け、小さく頷いた。

その日、二郎たちは国明の屋敷に一泊することとなった。異国の酒に酔い潰れた末、深夜に目が覚めた二郎は、喜平次と国明の話し声に気づいたが、どうせ商売の話だろうと思いすぐに再度の眠りに落ちた。

翌日、宿酔の頭を抱えながら朝餉の粥《かゆ》を平らげた二郎たちは、別室に案内された。

「私も、絵には少しばかりの思い入れがあります。お好きなだけ、ご覧ください」

広い部屋の床一面に、国明がこれまでに蒐集《しゅうしゅう》した絵画が並べられている。李唐や王《おう》希孟《きもう》といった北宋を代表する画家から、古くは五代《ごだい》の荊浩《けいこう》や関同《かんどう》、さらには聞いたこともない無名の町絵師までと様々だが、国明自身の目で選んで買い集めたとあって、どれも逸品揃《ぞろ》いだった。

二郎は感嘆の吐息を漏らしながら、時が経つのを忘れて異国の風景に見入った。並べられているのは、山水画だけではなかった。一幅の絵に、二郎は目を留めた。それは風景に違いないが、山や河川ではなく、賑わう街の様子だった。惹き込まれるように、二郎はその絵の傍に座り込む。

通りには様々な店が建ち並び、数えきれないほどの人が描き込まれている。役人と思《おぼ》しき肩を怒らせて歩く男や、犬を追いかけてはしゃぎ回る子供たち、昨日見た芸人たちのように、楽器を抱えて唄い踊る男女。二郎が見たこともない、背中に大きな瘤《こぶ》を持つ、馬に似た獣。街の中を縦横に走る水路の上を、零《こぼ》れ落ちそうなほど人を乗せた舟が行き交う。ひとりひとりの表情までしっかりと描き分けられていて、誰ひとりとして同じ人物はいない。眺めているうちに、人々の声や楽器の音色が本当に聞こえてきそうな気さえした

「これは?」

「杭州臨安府《こうしゆうりんあんふ》。南宋の都です」

国明は、懐かしむような声で答える。

その街は、四方を高い壁に囲まれていた。それでも、息苦しさは感じない。人々が息をし、日々の営みを送っている。この絵の中には、もうひとつの世界が確かに存在する。

「その絵がお気に召されましたか」

「はい。ひとりひとりが今にも動き出しそうで。これはいったい誰の手になるものなのでしょう」

尋ねると国明は、「さあ」と首を傾げた。

「私にも、わからないのです。昔、まだ私が若い頃に臨安の市で二束三文で買ったものですから。なんでも、名もない市井《しせい》の町絵師が描いたものということですが」

意外な答えだった。これほどの絵なら、さぞかし高名な画家なのだろうと思っていた。なんでも、南宋には宮廷に仕える画家の他にも、庶民を相手に絵を売る町絵師がいくらでもいるという。

それなら、しっかりと技巧を学べば、自分も絵師として暮らしていけるのではないか。不意に湧き上がったその思いは、しばしの間二郎を捉えて離さなかった。

「また絵が見たくなったり音曲が聴きたくなったりしたら、いつでも遊びに来るといい」

門前まで見送りに来た国明は別れ際、顎ひげを撫でながら言う。

「再見《ツァイチエン》」

国明がはじめて口にする、宋の言葉だった。

喜平次に意味を聞き、二郎と麗花も声を揃えて「再見」と答える。上手く発音できたかわからなかったが、国明は一本の皺《しわ》のような目をさらに細め、満足そうに笑った。

「二郎さも絵が上手やけん、絵描きになったらよかのに」

船着場へ向かう道すがら、麗花が言う。

二郎は答えず、黙って足を動かし続けた。

四

宋に渡り、絵を学んでくる。そう宣言すると、宗三郎は案の定呆れ返り、哀れむように首を振った。

「やめとけ。宋に辿《たど》り着く前に、船酔いで死んでしまうばい」

「船酔いで死んだ奴《やつ》なんかおらん」

「いや、二郎さなら死んでもおかしくなか」

そんな話をしながら、二郎と宗三郎は木刀を手に向き合っている。いつものように、喜平次の屋敷の庭だ。麗花は濡れ縁に座り、足をぶらぶらさせながらふたりの勝負を見守っている。

博多から戻ってふた月が過ぎている。小袖を諸肌脱《もろはだぬ》ぎにしても、寒さは感じないほどだった。むしろ、宗三郎の気が肌を打ち、こうして向き合うだけでもじわりと汗が滲んでくる。

ふたりで剣の稽古をはじめて三年。ようやく成果が出てきたのか、このところ、十回に一回くらいは、宗三郎から一本取れるようになっていた。

二郎は一歩踏み込み、上段から打ち込んだ。宗三郎は平然と半身を引き、打ち込みを軽く横へいなす。入れ替わった位置で再び向き合い、何事もなかったように話を続ける。

「だいたい、二郎さが絵師になったら、商いは誰が継ぐと？」

「知らん。どこかから養子でも貰《もら》ってくるって言っとった」

数日前、考えに考えた末に「絵師になりたい」と打ち明けた時の父の反応は、実にあっさりしたものだった。むしろ、喜んでいるようにさえ見えた。

「そうか。いつ言い出すかと思っていたが、やっと決心したか」

怒り出すかもしれないと思い、喜平次が酔っ払っている時を狙ったが、それも杞憂《きゆう》に過ぎなかった。

「今年の夏は、ちょうど宋に船を出す。それに乗って行けばいい」

隣の村に連れて行ってやるとでも言うような気楽さで、喜平次は続ける。

「おまえは商いには向いておらん。それに引き換え、唐絵はいいものになれば何百貫の値がつくからな。上手くいけば、おまえは金の卵を産む鶏だ。しっかり修業してこいよ」

そう言って、喜平次はげらげらと笑う。ほっとしたような腹立たしいような、複雑な気分だった。銭勘定は苦手で、船にも弱い。自分が商いに向いていないのはわかっていたが、ここまではっきり言われると多少は頭に来る。

そのもやもやを振り払うように、もう一度打ちかかった。

木刀同士がぶつかる鋭い音。びりびりと痺れるような手応えが、肩まで伝わる。ひとしきり押し合ったが、膂力《りょりょく》では宗三郎に敵うべくもない。後ろへ跳び退《すさ》ると、追い討ちの突きが来た。木刀を振って辛《かろ》うじて横へ払うと、宗三郎はわずかに体勢を崩した。

「もらった！」

左の脇腹を狙って木刀を振るが、すぐに止める。罠《わな》。なぜか、わかった。

体を引いた直後、目の前を斬撃が流れていった。驚愕《きょうがく》の表情を浮かべる宗三郎の懐にもぐり込み、首筋に木刀を突きつける。

「俺の勝ちたい」

木刀を引き、にやりと笑って言う。歓声を上げる麗花を横目で見て、宗三郎がわずかに顔を歪《ゆが》めた。

「なんで、罠ってわかったと？」

「わからん。なんとなくたい」

「二郎さは、目がよか。たぶん、二郎さが臆病やからたい」

「なんね、それ」

「人より臆病やけん、太刀筋ばよう見極めようとする。気ぃば張って、少しの動きも見逃さんようにしとると」

そう言われれば、稽古をはじめた頃には恐ろしくて目も開けていられなかったが、今では宗三郎の太刀筋がはっきりと見える。おかげで、隙を見つけて打ち込むこともできるようになった。それでも、一本取れるのは十回に一回くらいのものだ。

「もうよか、やめたい」

「なんね、もう終わると？」

「よか。俺の十勝一敗で終わりくさ」

勝ち誇った言い方に若干腹が立ったが、実際その通りなので仕方がなかった。

「それにしても、いつ蒙古が攻めてくるかもわからんのに、絵描きになるとは悠長な話たい」

麗花の差し出した手拭いで汗を拭いていると、宗三郎が怒ったような顔で言う。

「蒙古か」

対馬に再び蒙古の使いが来たのは、今年の初めのことだった。前年の国書に返答がなかった件を問い質《ただ》しに来たのだという。

だが、対馬守護代の宗助国《そうすけくに》は、使者を対馬に留《とど》めたまま博多へ渡らせようとはしなかった。それからしばらくの間、対馬で日本の返答を待った使者は痺れを切らし、ついに引き返していった。その時に、使者と対馬の島民の間に小競り合い《こぜあ》が起き、漁師ふたりが捕まってそのまま連れていかれたという。

「鎌倉がちゃんと話し合いに応じれば、戦になることはなかやろうに」

「いきなり属国になれなんて言って脅しつけるような連中と、話し合うことはなか」

「俺は、その国書がどんなもんやったか見とらんから、何とも言えんたい」

「見なくてもわかろうもん。奴らは、戦の他に愉しみのない蛮族たい」

いつの頃からか宗三郎だけでなく、壱岐の人々は皆、そんなふうに蒙古を恐れ、同時に侮蔑するようになっていた。あの者たちは神仏を信じず、仁も義もない野蛮人だと。

だが、そうした見方をする人々の中に、実際に蒙古人に会ったことのある者はいない。壱岐と大陸を往来する喜平次でさえ、話すことはおろか、見たことさえないらしい。

話し合ったところで仕方ないと思ったのか、宗三郎はそれきり口を噤み、素振りをはじめた。

季節は花の盛り。穏やかな陽光が降り注ぎ、風はやわらかさを増している。一陣の風が桜の花びらを舞い散らせ、麗花が小さく声を上げる。

このふたりとともに過ごせるのも、あと数ヶ月だ。そんなわかりきったことに、二郎は今さら気づいた。

「すまん」

思わず、そんな言葉が口を衝いて出た。麗花がこちらを向いて、首を傾げる。

「何が？」

「やっとこの国にも慣れてきたのに、また寂しか思いさせてしもうて」

言うと、麗花は小さく首を振った。

「二郎さは、自分の好いとうことをしとればよか」

「けど……」

「ちゃんと生きて帰ってきてくれたら、それでよかよ」

「わかった。約束たい」

しばらく、宗三郎の木刀が風を切る音しか聞こえなかった。

「そうだ。これから三人で、花見でも行くか」

ふと思いついて口にすると、麗花は嬉しそうに頷く。宗三郎にも声をかけると、面倒そうな顔をしながらも木刀を片付けはじめた。

向かったのは、風本から半里ほどの山中にある、小さな神社だった。

人気のない境内では、山桜の花が満開だった。

二郎と宗三郎は、足を止めずに境内を通り過ぎ、社《やしろ》の脇を抜けて木々の間を進む。

「どこまで行くと？」

最後尾で、麗花が怪訝そうな声を出す。

「そうか。おまえははじめてやったな」

「俺と二郎さで見つけた、取っておきの場所たい」

しばらく歩くうちに、視界が開けてきた。

眼下には風本の町並みと、その先に茫漠《ぼうばく》と広がる玄界灘。あの無人島や、行き交う大小の船までがはっきりと見えた。さらに目を凝らせば、対馬の島影も薄《うっす》らと横たわっている。潮の香りを含んだ風が吹くたびに桜の花びらが散り、視界のほとんどを占める碧《あお》い海の上を漂う。その光景が、どこか別の世界に迷い込んだかのような錯覚を抱かせた。

「どがんね。よか景色やろ？」

惚《ほう》けたような表情のまま、麗花は首を上下させる。

二郎は、「きれい」と呟く横顔を見つめながら、こんなことならもっと早く連れてきてやればよかったと後悔した。こうして三人で過ごせる時間は、それほど残されてはいない。

やや開けた場所へと移動し、腰を下ろした。屋敷から持ってきた包みを開く。中身はお春に頼んで用意してもらったあり合わせの弁当と、台所からこっそりくすねてきた酒だ。

普段、家で呑む酒は父に付き合わされるだけで美味いと思ったこともなかったが、今日は格別だった。麗花も、はじめての酒を舐《な》めるように味わっている。三人とも口数は少なかったが、景色を眺めているだけで十分だと思えた。

酒が切れた頃、赤い顔の麗花が口を開いた。

「それで、帰ってくるのはいつになると？」

「わからん。二年か三年か、もっとかもしれん」

答えると、麗花は少し表情を曇らせた。

「そんなに長い間、麗花はひとりで留守番か」

宗三郎が、怒ったような顔で口を挟む。

「お父は、臨安で商いがすんだらすぐに帰ってくる。もう子供やなかから心配なかやろうけど、その間は、麗花のことを頼む。麗花はおまえにとっても妹みたいなもんやろう」

真っ直ぐに目を見て言うと、宗三郎はぷいと横を向いて吐き捨てた。

「もうよか。二郎さは我《わ》が儘《まま》たい」

おまえに言われとうはなか。そう思ったが、口には出さない。

「約束しろ。三年で帰ってこい」

こちらの都合も考えない勝手な言い草だったが、それでも二郎は頷いた。どう言い繕《つくろ》ってみたところで、発端が自分の我が儘であることは間違いないのだ。

「三年後の春、またここで花見ばしよう」

「わかった。必ず帰ってくる。約束たい」

二郎は、眼下に広がる海原に目をやった。

彼方《かなた》に見える対馬の先には、麗花の生まれ故郷がある。そこから西へ、視線を転じる。宋は、この海を越えたところにある。早ければ、二十日ほどで行けるのだという。地の果てまで行くような思いだったが、ひとたび船に乗ってしまえばそれほど遠くはないのかもしれない。

帰り道、すっかり酔っ払った麗花を、宗三郎と交代で背負って歩いた。

赤みを増した日差しの中、花びらが舞う。いつか、こんな光景を自分の筆で写し取ることができるだろうか。背中の確かな重みを感じながら、そんなことを思う。


出航は、七月だった。

喜平次が謝国明から預けられている船は、幅三間半、長さ十二間という大きなものだ。帆柱は二本。船首と船尾は一段高く造られ、艫と船体中央には屋形を備えている。ややずんぐりした形をしているが、船足は速い。和船の帆は主に筵《むしろ》が使われるが、この船は宋のものと同じく網代でできていて、風をより受けやすくしているためだ。

二郎は矢倉の上に立ち、船縁に手をかけて遠くの波を見ていた。海は凪ぎで風もなく、白い波頭は見えない。

「案外、酔わんもんですじゃろ」

後ろから声をかけてきたのは、船頭の与助《よすけ》だ。喜平次が武士だった頃からの配下でもう還暦が近いが、いまだかくしゃくとしていて、少しでも怠ける水夫を見つけると、雷鳴のような声で叱り飛ばすほどだ。

「ああ。まあ、なんとか」

船が大きいからといって、まるで揺れなくなるわけではない。すでに酔いはじめていたが、意地を張って平気なふりをすると、与助は「それはようござった」とにやにや笑いを浮かべた。

「そういえば」

ふと思いつき、尋ねてみた。

「お父は、なんで武士ばやめたと？」

「旦那から、何もお聞きになってはおらんので？」

首を振ると、与助は少し考える表情を浮かべた後、口を開いた。

「まあ、ここだけの話ということで」

与助の話によると、喜平次の家は代々、鎌倉の有力御家人三浦《みうら》氏の郎党だった。三浦氏は、坂東武者《ばんどうむしゃ》には珍しく水軍を抱え、交易も活発に行っていた。喜平次は、三浦水軍で船頭を務めていたのだという。

しかし、時の当主泰村《やすむら》は、三浦氏の強大な勢力を恐れた執権北条時頼《ほうじようときより》の策略で追い込まれた末に挙兵。敗北した泰村以下、一門のほとんどは鎌倉法華堂《ほつけどう》にて自害して果てた。宝治《ほうじ》元年（一二四七）、二郎が生まれる八年前のことだ。

主家を失った喜平次は船で九州へ逃れ、旧知の間柄の謝国明を頼った。そして武士を捨て、謝家の番頭となったのだ。

「まあ、色々と思うところもあったのでしょうが、どうやら殺生を生業とするのにほとほと嫌気が差したようですな」

そう言い残して与助がその場を去ると、二郎は甲板《かんぱん》に目を向けた。舳先近くに立つ喜平次が、水夫たちにてきぱきと指示を出している。その姿に、普段屋敷で見せているだらしなさはどこにもない。

二郎は小袖の懐から、小さな袋を取り出した。麗花にもらった餞別《せんべつ》だ。袋の口紐《くちひも》を解く。中身は、一本の筆だった。ひとりで風本の市に出かけて買ってきたのだという。

一方宗三郎の餞別は、二郎が今佩《は》いている刀だった。あの島で見つけ、宗三郎が勝手に持ち出した、あの太刀だ。

やるんじゃなか。貸すだけやけん、必ず帰ってこい。そう言って、風本を発《た》つ直前に無理やり押しつけられた。海賊に襲われた時に使え、ということだった。

錆は、浦の研師《とぎし》に頼んで落としてもらった。古臭い拵《こしら》えも取り外してずいぶんと質素になっているが、鞘だけは派手な朱鞘だった。宗三郎曰《いわ》く、もしも二郎が海に落ちても見つけやすいように、ということらしい。どっちにしても、こいつの世話にはなりたくないなあ。柄頭《つかがしら》をぽんと叩いて、ひとりごちた。

　水平線の向こうに浮かぶ入道雲を眺めながら、二郎はつい先刻のふたりの様子をぼんやりと思い浮かべる。

　麗花も宗三郎も、笑顔はどこかぎこちなく、明らかに無理やり作っていると知れるような代物だった。

　あんな顔をされたら、中途半端で帰るわけにはいかないな。そんなことを考えているうちに船はゆっくりと行き足を落とし、博多の船着場へと入った。

　まずは、博多の湊で荷を積み込む。銅や硫黄、刀に木材といった荷は、謝国明だけでなく、数人の博多綱首のものも交じっている。これらを彼の地で売り捌《さば》き、銅銭や青磁、香炉や壺《つぼ》などを買い込んで帰れば、数倍の儲《もう》けが出るのだ。

　船着場には、国明をはじめとした綱首たちが出迎えていた。二郎が宋で絵を学ぶことにしたと言うと、国明は細い目をさらに細めて笑った。

「それはよい。人には向き不向きというものがある。商人の子が商人に、武士の子は武士にならなければならぬというのは、実に馬鹿げたことです」

　父が武士を捨てた時も、国明は同じことを言ったのだろうか。そんなことを考えながら、二郎は頷いた。

肥前平戸《ひぜんひらど》を経て、数日間の風待ちの後に五島の奈留浦《なるのうら》を出ると、そこはもう青一色の世界だった。五島《ごとう》の島々が見えなくなると、周囲のどこを探しても陸地は影も形もない。海の碧《あお》と空の青が水平線で交じり合う、見渡す限りの大海原だった。

ここから宋の沿岸までは風向き次第で、五日で到着することもあれば、ひと月近くかかることもある。

二郎は今さらながら、海というものの大きさに圧倒された。壱岐という小さな島を飛び出して、やはり正解だったのだ。甲板の上で大きく伸びをして、心地よい潮風を全身で味わう。

だが、心地よさを感じたのも最初の四半刻（約三十分）ほどだけだった。進めば進むほど波は高くなり、船の揺れは大きくなる。二郎はずっと屋形に閉じ籠り、一日の大半を寝て過ごした。

飲む物食べる物全て、腹に収めた先から吐き出してしまう。そのためいつも空腹だったが、食べれば吐くという、完全な悪循環に陥っていた。遭難でも海賊に襲われるのでもなく、船の中で飢え死になど、恥ずかしくて成仏できそうにない。

五島を出航して五日目。幸い船は、北東からの風に乗って順調に西へ進んでいるらしい。このぶんなら、少なくとも飢え死にすることはなさそうだ。そう思って安心して寝ていると、甲板のほうが騒がしくなってきた。

夜が明けて間もない時刻で、周囲はまだ薄暗い。屋形の中には、荷主の綱首やその手代、便乗の禅僧などもいて、眠っている者が多い。二郎は外の騒ぎが気になって体を起こした。あるいは、海賊が襲ってきたのかもしれない。ぞっとしない想像だったが、念のため立てかけておいた太刀を摑み、背中に括《くく》りつける。揺れる船上の戦では皆そうするらしいと、宗三郎が言っていた。

と、入り口の木戸が開き、与助が飛び込んできた。同時に、湿り気を帯びたいやな風が吹き込んでくる。いつになく切羽詰まった様子の与助の背後には、十人ばかりの水夫が続いていた。

「皆の衆、寝ている場合ではござらんぞ！」

与助が怒鳴ると、寝ていた連中もぞろぞろと起き出してきた。

「何じゃ、何事じゃ」

「朝から騒々しいのう」

不平を並べる者たちを睨みつけ、与助は武士のような口調でさらに続ける。

「大きい嵐が近づいてござる。ついては、刎荷《はねに》いたすこととなり申したゆえ、ご了承願いたい」

その言葉に、周囲は騒然となった。商人たちが、一斉に喚き立てる。

「馬鹿な、荷を刎《は》ねるじゃと?」

「冗談ではないぞ! あの荷を集めるのにいくらかかったと思っておる?」

「客の荷を捨てるなど、それでも船頭か!」

彼らの怒りも無理はなかった。刎荷とは、積荷を捨てて船を軽くして嵐を乗り切る方法だ。

「とんでもなく足の速い嵐じゃ、今から荷を捨てねば到底間に合わん。死にたくなければ、荷は諦められよ」

「ふざけるな! そのようなことは、死んでも許さんぞ」

そう叫んだ商人のひとりに、与助は歩み寄った。腰の脇差に手をかけ、鯉口を切る。

静まり返った室内に、嗄《しわが》れた声が低く響く。

「ならば、ここで死ぬか? それとも、命より大事な荷の代わりに、おぬしを捨てるか? 好きなほうを選ばせてやるぞ」

商人はごくりと唾を呑み、その場にへたり込んだ。そうしている間にも、揺れは段々と大きくなってきている。雨粒が船を叩く音も聞こえはじめた。

「捨てるのは半分ほどでようござる。損害は後で公平に負担していただくゆえ、我が荷ばかり守ろうとはなされるな」

何事もなかったように言って、水夫たちに指示を出す。もう、逆らう者はいなかった。

背に括りつけた太刀を改め、筆の入った袋をしっかりとしまうと、二郎は水夫たちを手伝うために立ち上がった。恐ろしかったが、中でじっとしているよりも体を動かしているほうがましだ。

甲板に出たところで、言葉を失った。青一色だった世界が、全て灰色に染まっている。甲板はすでに水浸しで、激しく波打つ帆を降ろそうと、数人が帆綱と格闘している。喜平次は甲板の中央で矢継ぎ早に指示を出し、それを受けた水夫たちが忙《せわ》しなく駆け回る。これほど真剣な表情の父を、二郎ははじめて見た。それだけ、状況が切迫しているということなのか。

二郎も荷を抱え、よろめきながら船縁に向かい、荷を海に放り投げた。一抱えほどの木箱で、白い飛沫《しぶき》を上げる波にぶつかるや、瞬く間にばらばらになって、散乱した中身もすぐに見えなくなった。自分の体がああなるところを想像して、ぞっとする。もはや、気持ちが悪いなどと言っていられない。どうやら船酔いの特効薬は激しい嵐のようだと、二郎は場違いに感心した。

甲板と船倉を何往復かするうちに嵐は激しさを増し、あたりは真夜中のように暗い。吹きつける雨と風が全身を打ち、目も開けていられないほどだ。

「若、もうええ。中に入っていてくれ！」

耳元で、与助が叫んだ。足手まといになるということかと得心して踵を返そうとしたり注ぐ。


時、凄まじい横波が来た。船体が大きく右に傾き、二郎は体勢を崩して甲板を滑った。続いて、体全体に衝撃が走り、思わず呻き声を上げた。垣立《かきたつ》に背中を強くぶつけたのだ。続けて、天に挑みかかるかのように高く舞い上がった波飛沫が、力尽きて二郎の上に降り注ぐ。

船が横倒しになる。咄嗟《とっさ》にそう思うほど傾いた後、揺り戻しが来た。今度は左へと傾き、再び甲板を滑った二郎の体は、途中で帆柱に引っかかった。水夫の何人かが波に呑まれていくのが見え、必死で帆柱にしがみついた。

灰色だった空は、墨を塗りたくったように黒一色に変わっている。その空をひび割れのように稲妻が走り、雷鳴が轟く。全てを呑み込もうと、波は狂ったように船を揺さぶる。この世の終わりのような光景に、二郎は戦慄《せんりつ》した。

冗談じゃない。俺はまだ、何者にもなっていない。なのに、なのにこんなところで死んでたまるか。生きて帰ると約束したんだ。

様々な思いが脳裏を駆け巡り、幾多の顔が浮かんでは消える。

「二郎、どこだ！　どこに……」

風に千切《ちぎ》られた父の声に、顔を上げた。

だが、父の姿を見つける前に、二郎の耳は帆柱の軋《きし》む不快な音を捉える。

次の瞬間、二郎の摑まったあたりから一間ほど上に大きな亀裂が走り、稲妻のように広がっていった。激しい音と振動とともに折れた帆柱が前へ倒れ、中央の屋形を押し潰す。運悪く下敷きになった水夫の断末魔の悲鳴が、風に乗って聞こえてきた。

その直後、両腕が帆柱から離れた。甲板を転がる。何かに頭を打ちつけた。

そこから、二郎の記憶は途切れ途切れになる。目に映るのは鉛色の海と、真っ黒な雨雲のみ。気を失っては、海水が口や鼻に入った苦しさで、咳《せ》き込みながら意識を取り戻す。

「……郎、二郎！」

夢か現《うつつ》か、耳元で聞き慣れた声がした。

「しっかりしろ！　陸は……」

風はなおも吹き荒れていて、声ははっきりと聞き取れない。だが、目を開けばそこに、父の姿が確かにあった。何か作業をしながら、必死で叫び続けている。

「陸は近いぞ！　諦めるな……」

どこかでぶつけたのか、いかつい顔の半分が血に染まっている。

徐々に、意識がはっきりしてきた。喜平次は、綱で二郎の体を背中の太刀諸共《もろとも》、樽《たる》のようなものに結わえつけている。二郎は何か言おうとしたが、声が出てこない。

「おまえは生きて……」

その言葉が風に途切れた時、体が浮くような感覚に襲われた。

高波に持ち上げられたのだと理解した時には、船は波の谷間へと落下していった。

再び激しい衝撃。視界が目まぐるしく回転し、父の姿は消えていた。いや、船そのものがなくなっている。見えるのは、一面に頼りなく浮かぶ、無数の板切れと人影。二郎も、辛うじて樽にしがみついていた。

なんとか生きている。そう理解した刹那、とてつもない高さの波が迫ってきた。逃れる術《すべ》はない。

視界から色彩の全てが消え失《う》せ、どこか暗く深い場所へと引きずり込まれる。すでに、恐怖さえ感じない。

これが死というものらしいと、二郎は思った。

第二章　戦野

一

九年ぶりの、博多の町だった。

まだ未《ひつじ》の刻（午後二時頃）を過ぎたばかりで日は高く、夏の盛りは過ぎたものの、残暑は厳しい。そこへきて、人が溢《あふ》れる通りの熱気である。熱心過ぎるほどの大声で呼びかけてくる売り子にいちいち応対する気力も、もう尽きていた。

伴宗三郎は、束《つか》の間《ま》子供たちの姿を眺め、また歩き出した。素襖《すおう》に袴《はかま》、侍烏帽子《さむらいえぼし》という出《い》で立《た》ちで、腰には太刀《たち》を佩《は》いている。

文永《ぶんえい》十一年（一二七四）、この正月で、宗三郎は十八歳になった。壱岐守護代、平景隆の近習《きんじゅ》となって、もう三年目になる。

景隆の供として博多の地を踏んだのは、昨日の午後のことだ。

多くの人で賑《にぎ》わう博多の町だが、目を凝らして見れば戦の足音に恐れ戦《おのの》いていることがわかる。

以前と比べ、はるかに武士の数が多い。通りの喧騒《けんそう》をよそに、険しい顔つきで弓や薙《なぎ》刀《なた》を担いで行き来する雑兵《ぞうひょう》たちの姿もこれまで幾度か目にしている。その多くが東国の言葉で喋《しゃべ》っていて、何を話しているのかまるでわからない。そのせいか、どこか異国の町でも歩いているような気さえする。

三年ほど前から、西国に所領を持つ者は自らがその所領に下り、守護の指示に従って防備に当たるようにという下知《げち》が出ている。博多にも多くの軍勢が集まり、蒙古との合戦に備えていた。

景隆が博多へ足を運んだのも、老齢の父資能に代わり九州沿岸の防備を指揮する、少弐《しょうに》経資《つねすけ》と談合するためだ。

通りを右に折れ、唐房《とうぼう》へ足を踏み入れる。ここから先は、本当に異国だった。甲高く、早口で怒鳴りつけるような言葉があちこちで飛び交う。久しぶりに聞く漢語に、宗三郎は耳を塞《ふさ》ぎたいような気分に襲われた。

聞き慣れた南の言葉も、ほとんど理解できない北の言葉も、入り混じって耳に飛び込んでくる。物売りの声や、昼間から客を引く遊女、饅頭《まんじゆう》や料理に使う油の匂い。その全てが、消し去りたい過去に直結していた。

宗三郎が物心ついた頃、母は唐房でも最低級の遊女だった。父親が誰なのかは知らないし、聞こうと思ったこともない。

かつては博多内外の貴顕《きけん》が集まる傾城屋《けいせいや》で働いていたというのが母の自慢だったが、そうした店になれば、遊女の入れ替わりも激しい。しかも、子を宿したとなれば、店から放り出されるのも自然な流れだった。

その後も、母は遊女をやめることはなかった。生まれは宋の都、杭州臨安府の近郊だったが、家は貧しい農家で、当然学もない。不作で土地を失った親兄弟に捨てられ、容色だけを買われて博多へやってきた母に、他にできることはなかったのだろう。

あんたが女だったらよかった。母は毎日のように、そう言って嘆いた。あんたが女だったら、体を売らせて自分は楽ができたのに。いっそのこと、生まれてこなければよかった。呪詛《じゅそ》のように繰り返される言葉を聞きながら、宗三郎は育った。

ある日、家に見知らぬ男たちが現れ、有無を言わせず宗三郎を連れ出した。男のひとりが母に銭を渡しているのを見て、自分は売られたのだと理解した。その銭がいくらだったのか、今では知る由《よし》もない。

宗三郎を買ったのは、同じ博多の日本人商人だった。水汲《みずく》みや薪割《まきわ》り、荷駄運びや牛馬の世話と、朝から晩までこき使われた。主人は気に入らないことがあれば、必ず宗三郎を打擲《ちょうちゃく》した。

おまえら唐人のせいで、商売上がったりだ。それが、新しい呪詛の言葉だった。主人にならって、他の奉公人たちも同じように宗三郎を殴った。

俺は唐人じゃない。この国で生まれ、この国の言葉を喋る。そんな反論に耳を傾ける者はいなかった。どれほど言葉を尽くしても、力がなければ意味がない。それが世の理《ことわり》なのだということが、身に染みてわかった。

それから宗三郎は、拳《こぶし》に物を言わせることを覚えた。子供の喧嘩《けんか》など、迷いや恐怖心を先に吹っ切ったほうが必ず勝つ。一度留め金を外してしまえばいい。そのことに気づいてからは、同じ年頃の相手に敵はいなくなった。簡単な話だった。

宗三郎のもとを平景隆の郎党を名乗る侍たちが訪れたのは、それからほどなくしてのことだ。

わけもわからないまま壱岐へと連れていかれ、養父のもとに引き取られた。武士の子という身分も手に入れた。それでも、周囲の目は変わらなかった。浦の子供たちがあれこれ言っていることは知っていたが、無闇に喧嘩を仕掛けるようなことはしなかった。養父に厳しく言われていたからだ。

一度だけ拳を振るったのは、悪童たちに絡まれている二郎を助けた時だ。最初は恩を売って苦手な学問を教えてもらおうという魂胆《こんたん》だったが、いつの間にか二郎は、はじめて友と呼べる存在になっていた。気が弱くて優柔不断で、自分とはまるで正反対だが、なぜか一緒にいると安心できる、そんな相手だった。そしてなぜか、剣の素質があった。あのまま稽古を積んでいれば、かなりの遣い手になっただろう。

その二郎も、今はいない。

「チョット、オ兄サン」

拙《つたな》い日本語で、現実に引き戻された。路地から、遊女が声をかけてきたのだ。濃い化粧の匂いが鼻を衝《つ》く。たぶん、三十はとうに過ぎているだろう。

足を止めず睨《にら》みつけると、女は宗三郎に連れがいることにようやく気づいた。漢語で何か罵《ののし》り、地面に唾《つば》を吐く。無視して通り過ぎた。

「何じゃ、あれは」

後ろで、連れが呆《あき》れたような声を出す。市女笠《いちめがさ》を被《かぶ》り、緋色《ひいろ》の小袖の上にいかにも上等そうな白地の袿《うちき》を羽織った女人だ。

色白の細面《ほそおもて》で鼻筋は通り、見るからに我の強そうな、吊《つ》り目がちで切れ長の目。容貌は大人びて見えるが、実際はまだ十六の娘に過ぎない。白くほっそりとしたその手には、宗三郎がさっき買わされた饅頭が握られている。

「ただの、賤《いや》しき遊女にございます。お気になされませぬよう」

感情が出ないよう注意しながら答えた。

「そうか」

娘はすぐに興味を失ったらしい。辻《つじ》の人だかりに顔を向け、目を輝かせている。雑芸の一座らしく、人だかりの向こうでは、大男の肩の上に逆立ちした小男が喝采を集めている。

「面白そうじゃ。見ていこう」

止める間もなく歩き出したその背に声をかける。

「姫御前《ひめごぜ》、あまり道草ばかり食っていては」

「今日は姫御前はよせと申したであろう。寧子《やすこ》と呼べ」

振り返りもせずに言って、人だかりを掻《か》き分け進んでいく。宗三郎は軽くため息をつき、渋々後を追った。本当なら引きずってでも先へ行きたかったが、主君の娘となればそうもいかない。

景隆が鎮西奉行館に滞在する間、近習たちは交代で暇《ひま》を貰《もら》った。二度と訪れることはないと思っていた唐房に足を踏み入れたのは、顔を見ておきたい相手がいるからであって、決して物見遊山に来たわけではない。

それがこんな有り様になってしまったのは全て、奉行館を出る時に寧子に見つかったせいだった。

退屈しておった、私も連れていけ。そう言って寧子は誰にも告げず、勝手に後をついてきたのだ。

生まれてはじめて壱岐を出たというのに、館に籠《こも》ったままでつまらない。その言い分もわかるが、元々、散々駄々をこねて、博多まで同行したのだ。放って置かれても文句を言える筋合いではない。

しかも、主君の娘を連れ出したなどと発覚すれば、叱責どころではすまない。といって、連れて行くのを拒めば何をしでかすかわからない。あることないこと言いふらされてはたまらないのでやむなく、外では宗三郎の言うことを聞くという条件で連れてきた。

そして今のところ、その条件が守られたことはない。

その後も事あるごとに寄り道に付き合わされ、櫛田神社が見えてきた頃にはもう申《さる》の刻（午後四時頃）近くになっていた。

目指す屋敷は、神社の隣にある。敷地は広大で、風本の宗三郎の家が二十軒は入りそうだ。

まだこの町に住んでいた頃、何度もこの屋敷を見かけた。派手な色遣いの見上げるほど大きな門は、あの頃と何も変わっていない。この門をくぐることなど一生ないと思っていたが、人の世とはわからないものだ。

「大きいのう。私の屋敷よりも大きいのではないか」

異国風の楼門を物珍しそうに眺めながら、寧子が感心している。

あなたのではなく、お屋形様の屋敷でしょう。たしなめようかと思ったが、結局口にはしなかった。

「壱岐守護代平景隆が郎党、伴宗三郎と申す」

門番に名乗って来意を告げる。

主人は留守ということだったが、しばらく待たされた後で大きな音を立てて門が開いた。出迎えた唐人の女が先に立ち、奥の建物へと案内する。

通されたのは、庭に面した卓と椅子のある部屋だった。寧子は柄にもなく、壁にかけられた絵をまじまじと眺めている。墨だけで描かれた、山や川の絵だ。二郎が好きだった、山水画というやつだろう。

絵のことになると、二郎の普段の臆病さはどこかに吹き飛んでいた。船はからきし駄目なくせに宋に渡るなどと言い出すほどだ、よほど好きだったのだろう。宗三郎はほとんど聞いていないのに、誰々の絵はあそこがいい、などとひとりで熱く語っていた。

そんなことを思い出していると、寧子がじろりと睨みつけてきた。

「私が絵など眺めていては、おかしいのか？」

どうやら、知らないうちに笑みを浮かべていたらしい。

「いや、さようなことは」

慌てていつもの仏頂面に戻した。寧子は絵に飽きたのか、宗三郎の隣の椅子に腰を下ろす。

先ほどの女が、茶を運んできた。小ぶりな碗《わん》の蓋を取ると、品のいい爽やかな香りが漂ってくる。味も、これまで飲んだ茶とは桁違《けたちが》いに美味《うま》かった。寧子も、一口飲んで驚いた顔をしている。

しばらく無言で喫した後、寧子が口を開いた。

「ところでそなた、いったい誰に会いに来たのじゃ。そろそろ教えてくれてもよかろう」

「はあ……」

何から話したらいいものか。考え込んでいるうちに、奥の扉が開き、萌黄色《もえぎいろ》の小袖をまとった若い娘が姿を見せた。宗三郎を認めると、ぱっと顔を輝かせて言った。

「宗三郎さん」

立ち上がり、答える。

「久しぶりだな、麗花」

喜平次の船が嵐に遭って沈んだと聞かされたのは、今から四年前の正月のことだ。

運良く琉球《りゅうきゅう》に流れ着いて嵐から生き延びた水夫《かこ》が、数ヶ月をかけてようやく壱岐に戻ってきたのだ。

その水夫は宗三郎も顔見知りで、嘘《うそ》を言うような男ではないし、その必要もなかった。

五島の奈留浦を出航して五日目、船は嵐に遭い沈んだ。信じたくはないが、それが事実だった。あれほど足の速い嵐は見たことがない、避けようがなかった。長旅に疲れ果てた顔で、水夫は言った。話を聞く限りでは、水夫が生き残れたのはほとんど奇跡で、他の者の生存は絶望的だと考えるしかなかった。

それから間もなく、喜平次に荷を預けていた商人や便乗していた禅僧の身内が、風本の屋敷に押しかけてきた。彼らは全ての責任が喜平次にあるかのように、荷の代金を払え、死んだ息子を返せと喚《わめ》き立てた。

連中は強欲で乱暴で、執拗《しつよう》だった。自分たちの理屈を叫ぶだけで、誰が最も多くのものを失ったのか、考えようともしなかった。

一度、宗三郎は木刀を持って、連中に飛びかかった。麗花を守らなければという思いに駆られてのことだったが、感情をぶつける場所が他になかったというだけなのかもしれない。

だが、商人の中には屈強な手下を連れている者も多くいて、宗三郎はほとんど何もできないまま殴られ、蹴られた。

それからほどなくして、騒ぎは船主である謝国明のとりなしで呆気《あっけ》なく収まった。どんな方法を取ったのかわからないが、連中は壱岐から引き揚げ、風本には平穏が戻った。

自分がどの程度のものか、嫌というほど思い知らされた。麗花のことは頼む。そう言われていたのに、結局何ひとつしてやることができなかった。

風本の屋敷には、博多から新しい番頭が送られてきた。これまで働いていた者たちは引き続きそこで働き、麗花は謝国明に引き取られるということが決まった。

全てが慌ただしく、麗花とはほとんど話をする暇もなかった。見送りに行った時の麗花の顔は、どこかぼんやりとしていて、忙《せわ》しなく立ち働く周囲の大人たちとは、まるで違う場所にいるように見えた。

「えらい立派になって。元気しとったと？」

その声も顔も明るく、最後に見た時のぼんやりとした様子はきれいに消えていた。

「まあな」

少し意外な思いで、宗三郎は答えた。

確か、この正月で十六になったはずだ。久しく会わないうちに、だいぶ女らしくなっている。

何となく落ち着かない気分を誤魔化《ごまか》すように、茶碗に手を伸ばす。

寧子はいきなり立ち上がり、どこか不機嫌そうに、庭を歩くと言い残して出て行った。

「あの娘《こ》」

卓を挟んで正面に座る麗花が言った。

「ひょっとして、お嫁さんとか?」

にやにやと笑いを浮かべる麗花に、宗三郎はかぶりを振った。

「あれは、ただの知り合いの娘だ。勝手についてきた」

少し考えて答えると、「なんだ」とがっかりした声が返ってきた。

「そんなことより、おまえのほうは元気でやっているのか?」

「うん。みんないい人やけん、ようしてくれる」

謝国明の妻は日本人で、子はいなかった。そのせいか、麗花はふたりにずいぶんと可《か》愛《わい》がられているらしい。

「笛のほうはどうだ。まだ続けているのか?」

「国明様がわざわざ笛の先生を雇ってくれて、毎日稽古してる」

「そうか」

笛だの歌舞音曲だののことは、宗三郎にはまるでわからない。それでも、麗花が何か好きなことをやっていられるというのは、宗三郎にとっても喜ばしいことだった。

「いつか」

麗花が、ぽつりと呟《つぶや》く。

「稽古を積んでいつか、誰に聞かせても恥ずかしくないくらい上手《うま》くなったら」

いつか自分も宋に渡って、向こうの旅芸人の一座に入る。そして、様々な場所を旅しながら、二郎や喜平次たちを探す。そうしたことを、どこか遠くを見るような目で麗花は語った。

笑顔で話す麗花の口ぶりは軽く、どこにも湿り気を帯びていない。ふたりが死んだなどとは欠片《かけら》も信じていないことが、ありありと伝わってくる。

どう答えるべきか束の間迷ったが、黙って頷《うなず》いた。二度も家族を失った麗花の気持ちはわかりようがない。

麗花の実の父が高麗軍の将だったということを、宗三郎は思い出した。

景隆に仕えるようになってから、高麗の話をよく耳にするようになった。今では、彼《か》の国の情勢はだいたい頭に入っている。

麗花の父を討った金俊《きんしゆん》という将軍は、それからすぐに暗殺されていた。代わって林《りん》衍《えん》という男が政権を掌握するが、蒙古の支援を取り付けた国王に敗北。その後、国王は江華島から開京に都を戻し、完全に蒙古に臣従する姿勢を見せている。

これに反抗したのが、三別抄《さんべつしよう》と呼ばれる高麗軍の精鋭だった。蒙古への臣従を潔しとせず、王室のひとりを擁して江華島に立て籠った。それが、今から四年前のことだ。

その後、高麗と国号を元《げん》と改めた蒙古の軍勢に江華島を追われ、南西の珍島《ちんとう》からさらに耽羅《たんら》へと逃れる。しかし、昨年の四月には耽羅も陥落し、三別抄の叛乱《はんらん》は完全に平定された。そしてそれは、日本へ兵を出すのに何の障害もなくなったことを意味している。

　宗三郎は、新しく淹《い》れられた茶を飲みながら、ぼんやりと麗花の顔を眺めた。緊迫した情勢などまるで頭にないかのように、愉《たの》しげな笑みを浮かべて取りとめのないことを喋っている。

　中身は麗花の笛の師匠の話や、宋の料理はどんなものが美味《おい》しいか、あるいは最近博多で流行《はや》っているらしい念仏踊りという踊りの話といった、実に長閑《のどか》なものばかりで、宗三郎はもっぱら聞き役に回ることになった。

　一度、謝国明の妻が挨拶に来た。夫のほうは、所用で博多にはいないらしい。

　唐人風の衣装を身にまとっているが、言葉も仕草も日本人のもので、宗三郎は何となく安心した。言葉遣いも顔つきも穏やかな老婆で、おっとりとした雰囲気は、不思議と麗花によく似ていた。

　日が沈みかけた頃、麗花が何かに気づいたように庭を見た。宗三郎もそちらに目を向けると、寧子が不機嫌そうにこちらを見ている。そろそろ痺《しび》れを切らしたのだろう。気を利かして自分から庭へ出ていったくせに、もう飽きたのか。軽く嘆息し、腰を上げる。

「もう行くと？」

「ああ。おまえが元気でいるのがわかれば、それでいい」

寧子のことは別としても、ここに長くいるべきではないと思った。

麗花は名残《なごり》惜しそうに、門のところまで見送りにきた。

「またこっちに来ることがあったら、遊びにきたらよか」

ああ、と答えた後、宗三郎は尋ねた。

「二郎さは、生きていると思うか？」

「生きてる」

即答だった。

「必ず帰ってくるって、約束したけん」

約束の三年はとうに過ぎた。出かかった言葉を呑《の》み込み、「そうか」とだけ答えた。束の間、沈黙が降りる。それを破ろうと口を開きかけた時、寧子が袖を引いた。早く帰ろう、ということだろう。

言いかけた言葉を呑み込み、宗三郎は踵《きびす》を返した。

二

「援兵は、来ぬ」

集まった男たちの吐息が、広間に満ちた。期待はしていなかったものの、はっきりと言われれば落胆は隠せない。

「今、壱岐に回す兵力はないとの、鎮西奉行の仰せであった。援兵は、敵が実際に壱岐に上陸した際に出す、と」

上段に座り、苦悩を滲《にじ》ませた声音で喋るのは、壱岐守護代平景隆だった。四十路《よそじ》を過ぎたばかりの働き盛りだが、普段は血色のいい精悍《せいかん》な顔には、疲れの色がありありと浮かんでいる。ここ一年ほどで、鬢《びん》にも白い物が目立つようになっていた。

風本の浦の南に位置する、景隆の居館だった。広間の両側には、主立った郎党や壱岐に所領を持つ御家人たちが居並んでいる。宗三郎は、その末席に控えていた。養父の弥七郎はすでに隠居していて、この場にはいない。無骨で厳格な父だったが、養母が昨年他界してからは、めっきり元気がなくなっている。今は、わずかな自分の畑を耕す日々を送っていた。

景隆主従が壱岐へ戻ったのは、昨日の夕刻のことだ。

幸い、寧子を街へ連れ出したことは誰にも知られずにすんだが、景隆の本来の目的は果たされなかった。すなわち、壱岐への増援の要請である。

「おのれっ」

床板を殴りつけ、ひとりが声を荒らげた。

「少弐殿は、我らに死ねと、捨石《すていし》になれと仰せか！」

郷ノ浦《ごうのうら》近くに所領を持つ御家人で、景隆や少弐家とは直接の主従関係はない。そのため、遠慮というものがなかった。

「敵が上陸してから援軍を送って、間に合うと思うておるのか。それとも、博多さえ守れば、対馬も壱岐もどうなろうと知ったことではないというのか。壱岐も対馬も、守護は少弐殿ご自身ではないか。己の任国を見捨て、何の鎮西奉行か！」

主君に向けた激しい言葉に、景隆の目つきが険しくなった。

「我が主とて、鎌倉の命に従っておるまで。それとも貴殿は、鎌倉に異を唱えられるか」

「そうは申さぬ。じゃが、我らのみで壱岐を守れというは、あまりにも……」

鎌倉の名を出されると、御家人の舌鋒《ぜっぽう》も鋭さを失《な》くした。

当初は夏頃と見られていた蒙古の襲来は、高麗の国王が病死するという不慮の事態で延期となっていた。おそらく九月末、あるいは十月の上旬。今はそうした見方が有力だ。だとすると、早ければ後ひと月ほどで蒙古が攻め寄せてくる。

一旦延期になって時を稼げたにも拘《かかわ》らず、鎌倉も鎮西奉行も何ら具体的な手を打とうとはしなかった。そのため壱岐も対馬も、防備の態勢が整っているとは言い難い。

やはりあの時、高麗まで兵を出すべきだった。今さら言ったところでどうにもならないが、宗三郎は思わずにいられない。

三年前、高麗の三別抄から、牒状《ちょうじょう》が送られてきたことがあった。内容は、武器や兵糧《ひょうろう》の援助と、援兵の派遣を求めるものだったが、鎌倉はなぜか、その要請を無視した。

兵を出すのが難しいにしても、武器や兵糧ぐらいなら運ぶことはできるはずだ。しかし、鎌倉はそれさえもせず、完全に黙殺した。

宗三郎には、この危機に鎌倉が真剣に向き合っているとは、とても思えなかった。最初に蒙古から国書が送られてきてから、すでに六年が経《た》っている。しかし、その間に出された下知らしい下知は、御家人の一部を九州に送ったことだけだった。そのくせ、幾度も送られてきた蒙古の国書は徹底して無視するという、矛盾しているとしか思えない対応をする。朝廷では一度、返書を送ろうとしたことがあったらしいが、それも鎌倉の反対で沙汰止《さたや》みになったという。

今の鎌倉の執権は、国書到来の直後に十八歳という若さで就任した、北条時宗だった。名執権と言われた時頼の子で相当な器量の持ち主という評判だが、宗三郎から見れば、周囲に祭り上げられているようにしか思えない。時宗は一昨年の二月、朝廷と結んで謀反を企てたとして、庶兄の時輔《ときすけ》と一門の名越時章《なごえときあきら》らを誅殺《ちゅうさつ》した。

その話を伝え聞いた時、腹が立って仕方がなかった。身内同士で争う前に、他にやることがあるだろう、そう思った。

「敵はもう、集結をはじめていると聞き申したが」

さっきとは別の御家人が言った。

「さよう。皆に集まってもらったは、その話もあってのこと」

景隆は一同を見回す。宗三郎は、板敷きの上に絵図を広げた。博多から壱岐・対馬、高麗の南岸までが描かれている。

「昨夜、間者より報《しら》せが入り申した。半月ほど前から敵が合浦《がっぽ》の湊《みなと》に集結をはじめておることは以前にもお話しいたしたが、ようやく敵の兵力がわかり申した」

景隆は独自の判断で、ずいぶん前から高麗へ間者を放っていた。その者が命懸けで摑《つか》んだ情報だった。

全員の目が、一斉に景隆へ向けられる。

「して、いかほど」

「およそ、三万二千。うち、水夫と輜重《しちょう》が一万程度。船の数は、大小合わせ一千近いとの由にござる」

ざわめきが、小波《さざなみ》のように広がっていく。中には、明らかに青褪《あおざ》めている者もいる。

「なに、心配めされるな」

重苦しい空気の中、景隆が再び口を開く。

「せいぜい、一日か二日。それだけ守りきれば、必ずや援軍が来る。その前に、敵が諦《あきら》めて引き揚げるやもしれぬ。敵の狙いは、あくまで博多と大宰府なのだ。我らならその程度は持ちこたえられるとお考えになったからこそ、経資様は今は援兵を送らぬと申されたのであろう」

その口ぶりに暗さや悲愴感《ひそうかん》はなかったが、頷く者はほとんどいなかった。

「樋詰城《ひづめじよう》は、それがしが精魂こめて縄張りし、築き上げた城。ちょっとやそっとのことでは落ち申さぬ」

屋敷の裏手には、樋詰城と名付けられた城が、いざという時に備えて新しく築かれていた。東西十八間、南北十四間という小さな城だが、周囲には八尺近い堀が掘られ、高い塀も巡らせた、それなりに堅固な城塞だ。

それでも敵は、三万二千という大軍だった。

結局、各々が備えを固め、事あれば樋詰城に集結して景隆の下知に従うという漠然とした方針を確認し合っただけで、評定《ひようじよう》は終わった。

こうして少しずつ時を無駄にしてきた結果が、今のこの状況なのだろう。

広間を出ると、西の空は赤く染まりかけていた。広間では、景隆がひとり残って絵図に見入っている。

武芸に秀で、聡明《そうめい》さと威厳を兼ね備え、民草《たみくさ》には慈愛をもって接する。宗三郎の頭の中にあった、武士とはこうあるべきだという漠然とした理想を、景隆は体現していた。

この人が、自分の実の父なのではないか。そう思ったことが、これまで何度かある。誰にも尋ねたことはないが、わざわざ博多の商人から自分を引き取ったことも、景隆に身分不相応に重用されていることも、それならば説明がつく。

母が昔、博多でも指折りの傾城屋で働いていたというのが嘘でなければ、ありえない話ではない。そして何より、そうであってほしいと心のどこかで願っていた。

その景隆が苦境に立たされている今、自分にできることがあるとしたら、戦場で楯《たて》になって死ぬ程度だ。

郎党たちが寝起きする長屋に戻ったところで、声をかけられた。兵介《へいすけ》と源太《げんた》という景隆の側《そば》近くに仕える郎党だ。

「宗三郎、どうだった？」

長身で整った顔立ちの兵介が尋ねた。家中でも屈指の弓の名手で、剣を取っても宗三郎とほぼ互角の腕を持つ。宗三郎は、剣に関しては紙一重の差で自分のほうが上だと思っているが、それは兵介も同じらしく、いつかちゃんと勝負をして決着をつけなければならないと互いに思っていた。

その横で、小柄な源太が不安そうな顔をしている。兵介とは対照的に気が弱く、武芸の腕もからきしだが、細やかな気遣いができて、話しているとなんとなく気分が和《やわ》らぐ。

出自にやや難のある宗三郎を景隆が重用することに、いい顔をしない者も多い。そんな家中にあってふたりは歳《とし》も近く、宗三郎が朋輩《ほうばい》と呼べる数少ない相手だった。

宗三郎は、ふたりに軍議のあらましを語って聞かせた。

「結局、敵の兵力がわかっただけで、何も変わりはないということか」

呆れたように、兵介が言う。

「まあ、そういうことだ」

「しかし、三万二千なんて。そんな大軍、見たことがない」

源太が愛嬌《あいきょう》のある丸い顔を青くして呟いた。

「一万は水夫や輜重隊で、実際の兵力は二万程度だ」

「それにしても」

「二万もの大軍など見たことがないのは、誰もが同じだ。怖いのもな」

兵介が言うと、源太は黙って俯《うつむ》いた。

源太が言おうとしていることは、宗三郎にもわからないではない。

壱岐の兵力は、どう見積もってもせいぜい百騎。一騎につき二人から三人の郎党や下人がつくが、それでも四百に達するかどうかというところだ。

だが、それを言ったところで仕方がない。援軍が来るまでは、独力で戦うしかないのだ。

「まあ、そう暗い顔をするなって」

兵介が、いつものようにおどけた調子で言う。

「こんな小さな島だ。ひょっとすると、蒙古の連中も見落とすかもしれんぞ」

源太は表情をいくらか和《なご》ませて、「そうだな」と頷いた。

ふと、麗花のことを思い出した。あの時、もう生きて会うことはないかもしれないと言ったら、麗花はどんな顔をしただろう。

そんなことを考えていると、長屋の外が何やら騒がしくなった。

「宗三郎、おるか！」

甲高い声が響いて、暗く沈みかけた空気を吹き飛ばした。

「やれやれ、姫御前のお出ましだ」

兵介が嘆息した。

「あのお人は、こんな時でも元気だな」

「ちょっとうらやましいくらいだ」

兵介と源太がぼそぼそ囁《ささや》き合っている。

「それにしても、ずいぶんと気に入られているな」

兵介がにやついた顔をこちらに向けてきた。源太がうんうんと相槌《あいづち》を打ち、後を引き継ぐ。

「そりゃあ、ふたりで博多の町をぶらついてくるくらいだからなあ」

「おい。なぜ知っている？」

「なんだ、知らなかったのか」

逆に、ふたりが驚いた顔をする。

「てっきり、みんなに知られていることはお前も知っているのかと思っていたのだが、まさか知らなかったとは」

「ややこしいな。さっぱりわからん」

「つまりだな……」

そんなことを言い合っていると、いきなり部屋の板戸が開かれた。

「なんだ、おるではないか」

鉢巻を巻いて着物の袖をたすき掛けした寧子は、薙刀を小脇に抱えている。後ろに控えた十数人の侍女や雑仕女《ぞうしめ》たちも、同じような格好だった。

「姫御前、これはいったい何の騒ぎです」

「決まっておろう、この者たちに戦の稽古をつけてやるのじゃ。おまえも付き合え」

寧子が胸を張って言うと、兵介と源太は顔を見合わせて頷き合った。

「そこのふたり、逃げようとしても無駄じゃ！」

こそこそと後退《あとじさ》っていたふたりが、ぴんと背筋を伸ばす。

「源太、そなたには私が薙刀の使い方を教えてやろう。私の稽古は厳しいぞ。覚悟しておけ」

　源太はげんなりした顔で「はい」と答えた。

「宗三郎。おまえはこれで、女たちの相手をしてやれ」

　突き出された木刀を、宗三郎は受け取った。

　この調子なら、二日や三日は楽に持ちこたえられるかもしれない。そう考えて、宗三郎は小さく首を振った。

　是が非でも、ここで敵を打ち払わなければならない。壱岐が落ちれば、次は博多が戦場になる。麗花にもしものことがあれば、あの世で二郎に顔向けができない。

　木刀を二、三度振り、言った。

「俺の稽古も、厳しゅうございますぞ」

「当然じゃ。そうでなければ、蒙古は打ち払えぬ」

　白い歯を見せて、寧子が笑う。

　もしも、宗三郎の実の父が景隆だったとしたら、寧子は腹違いの妹ということになる。それはそれで、厄介なことだ。

　内心苦笑しながら、木刀を構えた。

三

対馬守護代宗助国の使者が樋詰城に駆け込んできたのは、十月五日の深更だった。宗三郎は景隆の側に控え、その口上を聞いた。

この日の酉《とり》の刻（午後六時頃）、対馬佐須浦《さすのうら》に異国の軍船数百艘《そう》が現れた。助国は六十八という高齢にも拘らず、自ら八十騎を引き連れて対馬国府を出陣したという。

「ついに来たか」

報せを受けた景隆は、小さく呟いた。

「宗三郎、島中の武者に触れを出せ。戦支度を整え、樋詰城に集結」

「はっ」

城内が慌ただしく動きはじめた。城内は煌々《こうこう》と篝火《かがりび》が焚《た》かれ、夜明け頃には一族郎党を引き連れた武者たちが続々と集まってきた。

とはいえ、島中の武士全てというにはほど遠い。公家《くげ》や寺社の荘園を預かる非御家人の中には、召集に応じない者も多くいた。直接の主は鎌倉ではなく、あくまでその土地の持ち主である彼らにしてみれば、あえて危地に赴く必要はない。

「戦は御家人に任せ、自分たちは荘園を守ることに専念しようという腹づもりか」

集まった武士たちは歯噛《はが》みしたが、どうすることもできない。主従関係にない者に参陣を強要するほどの権限は、守護代にはないのだ。

それから丸一日が経ったが、続報はもたらされなかった。城内の誰もが気を揉《も》み、こちらから物見を出すべきではないかという意見も出はじめた頃、一艘の小舟が風本の湊に辿《たど》り着いた。

乗っていたのは、疲労困憊《ひろうこんぱい》といった有り様のひとりの武者で、宗助国の郎党と名乗った。

その武者の話によると、助国が佐須浦に到着したのは、六日の夜明け前だったという。沖には無数の船が停泊し、上陸した敵勢が焚いた灯《あか》りで、海辺はまるで昼のような明るさだったという。

上陸して陣を敷いていたのは、およそ一千ほどだった。助国は夜明けを待ち、漢語を話す通詞《つうじ》を遣わしたが、敵はその者に矢を射かけてきた。敵の矢は通詞の者の頭上を越え、信じ難いほどの距離を飛んで助国たちに降り注いだ。助国はここを先途と、一千の敵に全軍で突入した。

その武者は、突入前に助国から壱岐への使いを命じられ、戦場を離脱した。

見晴らしのいい場所まで来て浜を見下ろすと、矢合わせも互いに名乗りあうこともなく、そのまま雪崩《なだ》れ込むように戦いがはじまるのが見えた。沖の船団からは、続々と新手が上陸してきて、助国勢は瞬く間に殲滅《せんめつ》された。

武者は、掃討戦に移った敵の目をかいくぐりながら夜を待ち、小舟を見つけてやっとのことで島を抜け出したのだという。

「さようか、あの助国殿が」

景隆はそう言って、しばしの間瞑目《めいもく》した。

翌日、対馬から命からがら逃れてきた漁師の口から、言語に絶する惨状が明らかになった。

対馬全島は蒙古兵の略奪に晒《さら》され、凄《すさ》まじい虐殺が繰り広げられた。捕らえられた男たちは悉《ことごと》く殺され、女たちは掌《てのひら》に穴を開けて紐《ひも》を通され、数珠《じゅず》繋《つな》ぎにされて連れていかれたという。

「民に手をかけたと申すか」

常に温厚な景隆が、珍しく感情を露《あら》わにした。怒りのためか、握り締めた拳は小刻みに震えている。

蒙古勢の非道は、皮肉にも味方の士気をいやが上にも高めた。もしも自分たちが負ければ、生まれ育った壱岐が同じ目に遭うのだ。

それからさらに数日が、何事もないままに過ぎ去った。対馬との連絡は途絶え、博多から何か指示が来るということもなかった。

城の北方の山から烽火《のろし》が上がったのは、十四日申の刻のことだった。続けて、伝令が息を切らせて駆け込んできた。

壱岐の北岸、天ヶ原の沖に敵船団が姿を現したという。その数およそ、四百五十艘。

続いてもたらされた報告に、集まった諸将は束の間言葉を失った。敵船の舷側に、裸に剝《む》かれた男女が吊《つ》るされているという。恐らく、対馬で捕らえられた対馬の民だろう。

「触れを出せ。島の民を、城に入れるのだ」

景隆はそれだけ命じ、呟くように言った。

「壱岐の民は、必ずや我らが守ろうぞ」

宗三郎は、無言で頷き返した。

やがて、風本やその周辺の住民たちが、大挙して城に逃げ込んできた。敵が現れた時には城に入るよう、あらかじめ通達を出してある。その中には、宗三郎の養父弥七郎の姿もあった。

養父と言葉を交わす暇もなく、景隆の下知が飛んだ。

「宗三郎。至急、博多に救援要請の使者を出せ。それと、武者どもを庭に」

「はっ」

膨れ上がった城内の庭に、百名ほどの主立った武者が集まった。

「本朝はじまって以来の、未曾有《みぞう》の国難にござる」

濡《ぬ》れ縁《えん》に立った景隆が、一同を見回す。

「敵は、途方もない大軍。しかも、戦の作法も知らぬ。それぞれが己の功名に逸《はや》って抜け駆けいたさば、敵は飢えた野犬のごとく、ここぞとばかりに集団で襲いかかってこよう。ゆえに、抜け駆けは禁じる。敵の首を獲《と》ることも、まかりならぬ」

ざわつく武者たちを手で制し、景隆は続ける。

「目先の功名よりも、勝つことを最優先にしていただきたい。心をひとつにして防戦に努めれば、必ずや援軍は来る。この地で蒙古を打ち払い、武者の誉れを天下に示そうぞ」

おお、と応える声が方々で上がり、次第に広がっていく。

沸き立つ武者たちに、景隆が下知する。

「いざ、出陣」

儀式などもないまま、慌ただしく城門が開かれる。騎乗の士百名に、徒歩《かち》の二百五十。

これが、味方の全てだった。

城に残る者たちが見送りに出てきた。誰もが怯《おび》え、縋《すが》るような目でこちらを見ている。

その中にあって、寧子だけが毅然《きぜん》とした表情を崩していなかった。

束の間、寧子と目が合った。頷きを返し、視線を前に戻す。

宗三郎は、兵介、源太とともに、景隆の馬の前を徒歩で進んだ。ふたりも宗三郎と同じく、烏帽子をかぶって腹巻を着け、肩には薙刀を担いでいる。源太の薙刀がかすかに震えているのが見えたが、宗三郎は何も言わなかった。

城を出て、北へ進路を取った。烽火台の置かれた山に近い坂を登りきると、先頭が騒がしくなった。

「見ろ、風本の町が」

「おのれ、蒙古め」

眼下に広がる風本の町が、炎に包まれていた。禍々《まがまが》しく立ち昇る煙の下では、蒙古の兵が略奪に励んでいるのだろう。

「お屋形様、今なら敵も油断しておりましょう。こちらから仕掛けるべきでは」

郎党のひとりの献策を、景隆は退けた。

「方針は変えぬ。ここで防ぎ矢いたし、日没を待つ」

戦のやり方は、すでに決まっていた。この坂を越えられると、樋詰城までは平坦《へいたん》な原が続く。ここで一旦敵を食い止めれば、かなりの時間を稼ぐことができる。しかも、この季節のことで日没は早い。あと半刻（約一時間）ほど凌《しの》げば、敵は浜まで引き揚げるだろう。見知らぬ土地での夜戦は避けるはずだ。

坂の下に、数名の敵兵が現れた。こちらを認めると、すぐに引き返していく。物見の兵だろう。

やがて、隊列を組んだ敵勢が進んできた。得物も鎧《よろい》兜《かぶと》も統一され、歩調まで揃《そろ》っている。その一糸乱れぬ行軍が、えも言われぬ不気味さを漂わせている。

「せいぜい、四百といったところか」

兵介が、緊張を押し殺した声で呟く。馬はおらず、全員が徒歩の軍勢だった。

「舐《な》められたものよ」

騎馬武者のひとりが怒気を滲ませて言った。兵力で多少劣っていても、坂の上に陣取ったこちらのほうに利がある。それでも敵は、悠然と歩を進めてくる。

「矢を」

景隆が下知を出す。

弓を持った兵や騎馬武者が、矢をつがえた。弦《つる》が引き絞られるとともに、味方の緊張も高まっていく。

「まだだ。まだ、射るでないぞ。存分に引きつけるのだ」

景隆の口から、低く押し殺したような声が漏れ出す。

敵の弓は、こちらのものよりだいぶ小さい。あれなら、大した距離は飛ばないだろう。

景隆もそう判断したのか、さらに敵を引きつける。

いきなり、鉦《かね》の音が鳴り響いた。敵の前衛百人ほどが、一斉に矢をつがえはじめる。

「そのような弓で、ここまで届くものか!」

味方から嘲《あざけ》りの声が飛んだ時、再び鉦が打ち鳴らされた。同時に、矢が放たれる。届くはずがない。そう思って見上げると、百本の矢は見る見る迫り、味方の頭上に降り注いだ。

周囲から無数の悲鳴が上がった。矢を受けた馬が嘶《いなな》き、棹立《さおだ》ちになる。

「身を隠せ！」

素早く馬から飛び降りた景隆の声が響く。宗三郎は慌てて楯の陰に隠れた。他の味方も、左右の林の中に逃げ込む。

すぐ頭上を矢が掠《かす》め、心臓が跳ね上がる。楯を通して、矢が突き刺さった振動が伝わってくる。あんな弓で、ここまで飛ばすのか。飛距離は、こちらの弓とほとんど変わらない。

再び鉦が打ち鳴らされた。次の矢が放たれ、敵はさらに次をつがえている。

何が起きているのか、まるで理解できなかった。悲鳴は断続的に上がり、空気を切り裂く矢の唸《うな》りと苦痛の呻《うめ》き声が、頭の中を掻き回す。悪い夢を見ているようで、現実感などどこにもない。それでも、鼻を衝く血の臭《にお》いは、まぎれもなく本物だった。

背後を振り返ると、すでに十数人が倒れていた。その中に見知った顔を見つけて、思わず叫んだ。

「源太っ！」

仰向けに倒れた源太の首には、一本の矢が突き立っていた。立ち上がって駆け寄ろうとした宗三郎の襟首を誰かが摑み、強く引く。景隆だった。

「諦めろ。もう助からん」

無念そうに言って、首を振る。

「今行けば、おまえも死ぬぞ」

矢は間断なく降り注ぎ、源太の体になおも突き刺さっていく。その周囲に血溜《ちだ》まりが広がっていくのを視界の片隅に捉えながら、はじめて「怖い」と言葉にして思った。

不意に、矢の雨が降り止んだ。矢の損耗を恐れたのだろう。頭の隅のやけに醒《さ》めた部分で思った。

鉦の代わりに、今度は太鼓の乱打がはじまった。それに歩調を合わせるように、敵が走り出した。矛《ほこ》を手に、喚声を上げながら坂を駆け上ってくる。

「なんという、戦のやり方じゃ」

震えを帯びた声で誰かが呟く。頭を押さえつけていた手が離れたと思った瞬間、景隆の声が響いた。

「動ける者は、弓を取れ！」

見上げると、景隆はすでに、弓に矢をつがえている。宗三郎も、倒れた武者の弓を摑んだ。箙《えびら》から一本を抜き出し、震える手でつがえる。隣の兵介も、どこからか弓矢を拾い、青褪めながらも構えを取っている。

落ち着け。自分に言い聞かせ、腹の底に力を籠めた。人を射るのなど無論はじめてだが、考えないことにした。弦を思いきり引き絞り、近づいてくる敵兵を見据える。あれはただの的なのだと、心の中で唱えた。

「放て！」

弦を離れた矢は弧を描き、敵の固まりの中に吸い込まれていった。先頭を駆けていた敵兵がばたばたと倒れていく。続けて二の矢、三の矢を放つ。

自分の矢が敵を倒したのかどうか、見極める余裕はない。敵は屍《しかばね》を乗り越え、なおも迫ってくる。恐怖から逃れるためには、矢を射続けるしかなかった。

ひとりひとりに狙いをつけられる距離にまで、敵が迫ってきた。

箙に残った最後の矢をつがえ、立ち上がる。ほんの七、八間先の敵兵に向け、放つ。

自分の矢の軌跡がやけにゆっくり、そしてはっきりと見える。敵兵はまだ若かった。異国人と言っても、顔つきは日本人とほとんど変わらない。鏃《やじり》が喉《のど》を突き破った瞬間、恐怖とも怒りともつかない表情でこちらを睨みつけ、宙を摑むような仕草をする。そのまま仰《の》け反《ぞ》って後ろに倒れていった。

殺した。自分の手で、殺した。今まであやふやだった事実をいきなり突きつけられ、宗三郎は混乱した。吐き気が込み上げ、頭の芯が痺れる。周囲の全てが、目の前に薄い膜が張られたようにぼやけて見える。

俺は、戦を待ち望んでいたのではないのか。戦で手柄を立てて、奴《やつ》らを見返してやるのではなかったのか。奴らって、いったい誰だ。俺を捨てたあの母か。それとも、唐人の餓鬼《がき》と罵ったあの商人か。様々な顔が浮かんでは消えていく。最後に、二郎と麗花の顔が残った。

そうだ、俺は約束を守らなければならない。そのことに思い至ると、視界は徐々に鮮明さが戻り、吐き気も少しだけだが治まった。

隣の景隆が立ち上がり、抜き放った太刀で前方を指す。

「全軍、突撃!」

耳の奥を震わせるような大音声《だいおんじよう》で叫び、駆け出していく。宗三郎は束の間振り返り、無数の矢が立った源太の姿を見た。歯を食い縛り、薙刀を強く握る。恐怖を、怒りが上回っていた。

「行くぞ!」

すぐ近くで楯に隠れていた兵介に声をかけ、立ち上がった。坂を駆け下り、敵の前衛に飛び込む。

景隆は見事な太刀捌《さば》きでひとり、ふたりと斬り倒していく。宗三郎と兵介も、薙刀を振り回しながらその後に続いた。

右手から、叫び声とともに敵が飛び出してきた。振り下ろされた矛を受け止め、柄《つか》の部分で足を払う。仰向けに倒れた敵の喉元に、刃を振り下ろした。噴き上がった鮮血が全身を濡らす。火傷《やけど》するかと思うほどの血の熱さに驚いていると、別の敵兵が矛を向けてきた。難なく払いのけ、体勢を崩した背中を突く。

ほとんどが革でできた敵の鎧は、想像よりはるかに脆《もろ》かった。刃は鎧を貫き、体に食い込んで抜けなくなった。敵が振り向き、苦痛に歪《ゆが》んだ表情で何事か喚く。どこかで聞いたような響きだった。

まだ日本の言葉を覚える前に、麗花が話していた言葉。記憶の中にあるあの言葉と、響きや抑揚がよく似ていた。

麗花を守るために、麗花の祖国の人間を殺す。その捻《ねじ》れた状況を上手く整理できずにいると、兵介が叫ぶ声がした。

「宗三郎、後ろだ！」

振り向くと、別の敵が剣で斬りかかってくるところだった。咄嗟《とっさ》に手を離して太刀を抜こうとしたが、敵の斬撃《ざんげき》のほうが一瞬速かった。

間に合わない。斬られる。恐怖すら感じる間もなく、ただそう思って、反射的に目を閉じた。が、剣が振り下ろされることはなく、体のどこかに痛みが走ることもなかった。

恐る恐る目を開ける。敵兵は剣を振り上げたまま、時が止まったかのように動かない。

その腹からは、血を滴《したた》らせた太刀の切っ先が突き出ていた。

やがて、敵兵がゆっくりと崩れ落ちる。その背後には、景隆の姿があった。

「宗三郎、そなたは死んではならん！」

いきなり一喝され、わけもわからないまま「はい！」と答えた。

ようやく、戦況を眺める余裕が出てきた。周囲は乱戦になっているが、全体としては味方が押していた。坂の上に陣取った利が生きている。

やがて、最初とは違う打ち方で鉦が乱打された。それに合わせて、敵が逃げ去っていく。

追いかけようと足を踏み出しかけた時、前方の地面に何か黒く丸い物体がいくつか落ちているのが見えた。鉄の玉だろうか。訝《いぶか》る宗三郎の脇を、数騎の騎馬武者が駆け抜けていった。

そして、馬が玉の近くまで来た刹那《せつな》、黒い玉が閃光《せんこう》を発し、耳を聾《ろう》する轟音《ごうおん》とともに炸裂《さくれつ》した。馬が棹立ちになり、武者が振り落とされる。倒れた馬の腹からは、大量の血が流れていた。

落馬した武者が、体を起こして叫んだ。

「気をつけろ。あの玉の中には鉄片が仕込まれておるぞ！」

他の玉も次々に破裂し、鉄片を周囲にばら撒《ま》いた。混乱が広がりかなりの人数が負傷したが、それで死んだ者はいなさそうだ。間近で破裂しなければ、それほどの威力ではない。おそらく、後退する時に、敵の追い討ちを振り切るための武器なのだろう。

「おのれ、卑劣な武器を」

「景隆殿、追い討ちじゃ。今が功名の機会ぞ」

武者たちが口々に喚くが、景隆は取り合わなかった。

「敵はあれで全てではない。船にはどれだけの兵がいるかもわからんのだ。下手《へた》に追い討ちをかければ、浜で取り囲まれるやもしれんぞ」

それに、と景隆は坂の上を振り返る。倒れた人馬で、頂の平地はほとんど埋め尽くされている。

「こちらの損害も大きい。あまり無理をするべきではあるまい」

わずか半刻足らずのぶつかり合いで、味方は五十頭近い馬と、同じ数の将兵を失っていた。

坂の頂に戻って、死体を片付けた。

兵介とふたりで、源太の傍らにしゃがみ込む。喉の下から入った鏃は、首の後ろにまで飛び出ていた。その矢を抜いてやり、開いたままの目蓋《まぶた》を閉じてやった。

「仇《かたき》は、取ってやるからな」

低い声で、兵介が呟いた。

四

この日はそのまま日没となり、敵が攻め寄せてくることはなかった。

だが、当初はこの地で野営する予定だった味方も、城へ退《さ》がらざるを得なくなった。敵が浜へ引き揚げた直後から、体の異変を訴え、やがて死に至る者が続出しはじめたのだ。

体が痺れ、ぶるぶると震えながら死んでいくという異常な死に方だった。

「鏃に毒が塗ってあった。そうとしか思えませぬ」

宗三郎は、景隆に自分の意見を述べた。調べてみると、全員が戦で矢傷を負った者たちだったのだ。傷が深い者ほど症状が現れるのが早かった。

「おのれ、どこまでも卑怯《ひきょう》な」

「蛮族どもめ！」

主立った武者たちが怒りを滲ませて罵る。戦に毒矢を使うなど、この国の武者には考えられない戦法だった。

結局、さらに二十人ばかりが毒で死んだ。

「この地は放棄する」

景隆のそのひと言で、樋詰城への撤退が決まった。

不安や怒り、毒矢や未知の武器に対する恐怖が兵たちに渦巻く中、最初の夜が明けた。日が中天に差しかかった頃、見張りの兵が陣に駆け込んできた。浜の敵が、ようやく動き始めたという。

「三千か」

物見の報告に、景隆は一瞬見せた迷いの表情をすぐに振り払い、出陣を下知した。

昨日の戦場から四半里（約一キロメートル）ほど南の隘路《あいろ》で、再びぶつかった。道の両側に山が迫り、地形的には小勢で大軍を迎え撃つのに適していたが、いかんせん数が違いすぎた。

林の中から矢を射かけ、機を見て斬り込んではすぐに退くということを繰り返し、一刻程度の時間を稼ぐことはできたものの、疲労と士気の低下はどうにもならない。これ以上城の外で戦を続けるのは限界だった。

敵が態勢を立て直そうと一旦退いたところで、景隆は兵をまとめ、一気に樋詰城まで後退した。

生きて城へ戻ることができたのは、二百足らずだった。深手を負った者も多い。

それでも城内では、島民たちが斧《おの》や鎌、粗末な農具などを携えて、戦う姿勢を示している。対馬の惨劇は、島民たちの間でも噂《うわさ》になっていた。誰もが、蒙古への敵愾心《てきがいしん》を募らせていたのだ。

　これなら、あと二日や三日は支えきれるかもしれないと、宗三郎は思った。そして、城を囲む敵の背後に博多からの援軍が襲いかかれば、この戦は勝てる。

　人でごった返す庭で握り飯を頬張っていると、兵介に声をかけられた。

「宗三郎、お屋形様がお呼びだ」

　兵介も呼ばれているらしく、ふたりで景隆の居室へ向かった。

「来たか」

　中には大鎧を脱いで小具足姿の景隆だけでなく、なぜか寧子の姿もあった。一瞬だけこちらを見上げて何か言いかけたが、そのまま黙って立ち上がり、壁際に移動する。俯いたまま押し黙るその顔にいつもの闊達《かったつ》さはなく、心なしか目元も泣き腫《は》らしたように赤く見えた。

　一礼し、景隆の正面に腰を下ろした。西に傾きはじめた日の光が斜めに差し込み、籠《ろう》城《じょう》の支度に追われる周囲とは異なる時間が流れているように思える。あるいは、昨日からの戦も、敵が迫っているという事実さえも、夢の中の出来事なのではないか。そんな錯覚が、束の間宗三郎を捉えた。

　埒《らち》もない。胸中で言って、現実に戻った。

「して、御用の向きはいかなる？」

「うむ。実は、そなたたちふたりを見込んで頼みがあってな」

景隆は束の間の沈黙の後、何かを吹っ切るかのように一息で言った。

「寧子を連れて、城を脱《ぬ》けてほしい」

「お屋形様！」

宗三郎も兵介も、同時に声を上げた。ただの郎党とはいえ、自分たちは武士の端くれだ。決戦を前に城を抜け出すなど、到底肯《がえ》んじることはできない。

「その命ばかりは、従えませぬ」

「なればこそ、頼みと申しておる」

「されど……」

寧子を城から落とす。それはつまり、この城は援軍が来るまでもたないということだ。あるいは……。

「援軍は来ぬ」

何の感情も籠らないその声音に、宗三郎も兵介も言葉を失った。

「先ほど、使者が戻った。経資様とその軍勢は、いまだ大宰府にあられる。口ではすぐにも送ろうと言われたそうだが、とても間に合わん」

「しかし、味方が集結しているのは、大宰府ばかりではありますまい。博多にも今津《いまづ》にも、いくらか軍勢がいるはず」

宗三郎が言うと、景隆は力なく首を振る。

「どこの軍勢も、己の持ち場を守ることに専念しておるということだ。わざわざ船を出してこの城を援《たす》けに来る物好きなどおるまい」

口元にわずかな苦笑を浮かべて言うと、景隆はいきなり床に手をついた。

「頼む。勝手な願いであることはわかっておる。だが、他に頼める者はおらんのだ」

「お屋形様、おやめください」

宗三郎が言っても、景隆は背を折り曲げ、額を床に擦《こす》りつけんばかりに頭を下げる。

「娘可愛さだけで頼んでおるのではない」

呻くように、景隆が言う。

「おそらく、この城が落ちれば壱岐は地獄と化すだろう。どれほどの暴虐が繰り広げられるかもわからん。だが、誰かが生き残って、我らの戦いを後の世に伝えねばならんのだ。でなければ、我らはいったい何のために戦ったのかわからぬ」

これまで溜め込んできたもの全てを吐き出すような、そんな口ぶりだった。

再び、重い沈黙が降りた。

当の寧子はひと言もしゃべらずに、床の一点を見つめているだけだった。この娘のことだ、城に残ると言って聞かなかったのだろう。承諾はしたものの、納得はしていないといったところか。

景隆は、寧子の他に子はなかった。寧子の母である景隆の正室は五年前に病で亡くなり、側室や妾《めかけ》の類《たぐい》もいない。娘を持つ父親の気持ちなどわかるはずもないが、自分がその立場であれば、たぶん同じことを頼んでいただろう。

「わかりました。頭をお上げください」

景隆が、顔だけ上げてこちらを見上げる。

「その役目、我らが果たしまする」

「まことか」

「はい。兵介も、異論はあるまいな」

「は、はい」

景隆はやっと頭を上げ、何度も礼を言った。

部屋の外が、急に騒がしくなった。廊下に足音が響き、郎党のひとりが報告にきた。

「お屋形様、周囲の村々から煙が上がっております」

「先に、略奪をはじめたか」

苦渋を滲ませた声で、景隆が言う。

「わしはもう、行かねばならん。寧子」

立ち上がった景隆を、寧子が見上げた。

「ふたりにしっかりと従い、必ず生き延びよ。わがままを申して困らせてはならんぞ」

「はい」

はじめて寧子が言葉を発した。そのまま、深々と頭を下げる。

「ふたりとも、寧子を頼む」

景隆の視線が兵介の上を滑り、宗三郎の顔に留まる。一瞬口を開きかけたが、すぐに小さく首を振り、踵を返す。

「必ずだ。必ず、生き延びてくれ」

背を向けたままでもう一度言い、部屋を後にする。その足音が消えかかった頃、啜《すす》り泣きの声が聞こえてきた。頭を下げたままの、寧子のものだ。

その声を聞きながら、また頼まれ事が増えてしまったと、宗三郎は思った。


北風に乗って、喚声が聞こえてきた。鉦や太鼓の音も入り混じっている。

「はじまりましたな」

宗三郎が呟いても、寧子は答えなかった。ただじっと、城の方角に目を向けているだけだ。

城から四半里ほど南の、林の中だった。女連れで敵の目をかいくぐりながら進むのは、予想以上に時間がかかる。梢《こずえ》の合間から差し込む日の光は、かなり赤みを増していた。

宗三郎と兵介は、烏帽子もかぶらず小袖に山袴をつけ、弓を肩に担ぐという、狩人のような格好だった。太刀は背中に括《くく》りつけている。そのほうが動きやすいと思ったからだ。

寧子のほうも、継ぎの当たった粗末な小袖に草履《ぞうり》履きという百姓の娘のようななりをしている。とはいえ、やや丈の短い小袖から見える白く細い手足と、整い過ぎた顔立ちでどれだけ誤魔化せるかは不安だった。

しかし、宗三郎はすぐにその不安を振り払った。敵にとっては、若い娘であれば守護代の姫だろうと百姓の娘だろうと、どうでもいいことに違いない。

「ずいぶん遅かったたな」

兵介がぽつりと言う。

「あんな小城はいつでも落とせる。そう考えて、後回しにしたんだろうな」

裏門から城を抜けて、半刻が経つ。その間、無人の百姓家で略奪に励む敵兵の姿を何度か見かけた。大体十数人が一組になっていて、その場所からはしばらくすると、必ず煙が上がった。

「とにかく、先を急ぎましょう」

促して、歩きはじめた。寧子を間に挟み、前を宗三郎、後ろを兵介が進む。

瀬戸浦《せとうら》まで出て舟を探し、夜陰に乗じて漕《こ》ぎ出すつもりだった。できれば谷江川《たにえがわ》に沿って歩きたかったが、日のある内は見つかる可能性が高い。それ以前に、瀬戸浦にも敵の船がいないとも限らないのだ。その場合は、どこか別の海岸に行くしかない。

敵がいったい何人上陸したのか、どこにどう展開しているのかまるでわからないというこの状況では、いつどこで敵に見つかってもおかしくはない。今は少しでも危険を避けて、手探りで進むしかなかった。

ここから半里ほど南西に歩けば海に出るが、壱岐の地形が平坦だといっても、いくつかは小高い丘を登り下りしなければならない。じきに、日も暮れるだろう。今日のうちに海まで行けるかどうかさえ、微妙になってきている。

しばらく斜面を登り続けると、見晴らしのいい場所に出た。眼下には谷江川のゆったりした流れと瀬戸浦の海、そして入り江に沿うように建ち並ぶ家並みが見えた。夕陽に染められたその眺めは、こんな状況でさえなければなかなかのものだっただろう。谷江川は壱岐で最も大きな川で、昔はよく、二郎や麗花と遊びに行ったものだった。

「見てみろ。敵はいないぞ」

兵介の明るい声に、宗三郎は感慨を断ち切った。

「そのようだな」

目を凝らしても敵の、船首と船尾がやけに反り返った、やたらと派手な色遣いの船は一艘も見えなかった。

「だが、使えそうな船も見つからないな。大方、船を持っている者はもう島を逃げ出したのだろう」

「どうする。他の湊に向かうか？」

「いや。ここから見えないだけで、小舟くらいはあるかもしれん。とりあえず行ってみよう。よろしゅうございますな？」

小さく、しかし強く、寧子は頷いた。城を出る前と較《くら》べて、いつもの気丈さを取り戻しているが、宗三郎たちの言うことに逆らったりはしなかった。

再び歩きはじめた。季節柄落ち葉が多く滑りやすい上に、道らしい道もないので、歩くだけでもかなりの体力を消耗する。一瞬、楽に歩ける河原まで下りてしまおうかと思ったが、すぐにその考えは捨てた。ここまできて敵と遭遇するのだけは、何としても避けたい。

「どうする。かなり日が落ちてきたぞ」

やや急な斜面を下りきったところで、兵介が言った。

「姫も、かなり疲れておいでだ。野宿できるところを探したほうがいいんじゃないのか？」

「大事ない。先を急ごう」

そう言う寧子の額には汗が浮かび、息は荒くなっている。昨日からほとんど眠っていない宗三郎と兵介の疲労も、かなりのものだった。

どうしたものか思案していると、不意に物音が聞こえた。

反射的に太刀の柄に手をかけた。兵介も、素早く弓矢を構える。耳を澄ました。音が聞こえてくるのは、右手前方の深い茂みの中からだ。暗くて、その先はよく見えない。宗三郎は、庇《かば》うように寧子の前に立った。

音は、次第に大きくなってきた。明らかに、こちらへ向かっている。少しずつ後退しながら、太刀を引き抜いた。

次の瞬間、茂みを割って影が飛び出した。が、身構えた宗三郎の目に映った影は、小さな童《わらべ》のものだった。

男の子で、おそらく、五歳か六歳くらいだろう。継ぎはぎだらけの着物を着て、履物も履いていない。きょとんとした顔をこちらに向け、小首を傾《かし》げている。

「宗三郎、太刀を納めよ」

言われた通りにすると、寧子は微笑を浮かべ、童の前にしゃがみ込んだ。

「どこから来た？」

尋ねると、童は自分の来た方向を指差した。だが、そちらには小高い山があるばかりで、村などない。

「そこに、誰かいるのか？」

「みんなで逃げてきた」

童の住む村の住人たちは、敵の略奪を恐れて昨日から山に逃げ込んでいるらしい。退屈紛れに山で遊んでいた童は、宗三郎たちの話し声を聞いて近づいてきたのだという。

「こいつ、まるで状況がわかってないな」

苦笑混じりに兵介が言う。

千丸《せんまる》というその童の案内で、村人たちのところに向かった。三人で野宿する場所を探してうろつくよりも安全だろうと思ったからだ。

かなり深い森を越えた先、山の中腹にある開けた場所で、そこには二十人ほどが竹と筵《むしろ》で組んだだけの粗末な小屋をいくつか造っていた。そのほとんどが、女子供と老人だった。

最初、宗三郎たちは殺気立った村人たちに囲まれかけたが、童を連れてきたと言うと、母親が出てきて涙ながらに感謝された。

それから、村人たちの態度は一変した。夕餉《ゆうげ》を振舞われ、寝る場所を探していたと言うと、男たちがわざわざ小屋を建ててくれた。万一のことも考えて身分は明かさなかったが、格別怪しまれることもなかった。

異国を敵とする戦にあっては、同じ言葉を喋るというだけで信頼の根拠になるらしいと、宗三郎は思った。

千丸の父親は武士で、村の若い男たちとともに戦に出ていったきりだという。おそらく、そのほとんどが生きてはいないだろう。

張り詰めていたものを緩めたせいか、急に疲れが出て、三人は小屋に入るなり床に倒れ込んだ。床といっても落ち葉を敷き詰めて上に筵を敷いただけの代物だが、何もないところで野宿するよりはだいぶましだ。

「まだ、起きておるか？」

隣の寧子が、ぽつりと口を開いた。自分から喋るのは久しぶりだったが、暗闇でその表情は見えない。

「なぜ、こんなことになってしまったのだろう」

梢が風に揺れる音に紛れてしまいそうなほどか細い声で、寧子は続ける。

「蒙古が攻めてきたらこうなることはわかっていたはずなのに、誰も何もしようとしなかった。博多や大宰府にはたくさん武者がおるというのに、誰も助けに来てはくれない。なぜじゃ、教えてくれ」

その寧子の単純とも言える疑問に、宗三郎は何ひとつ答えることができなかった。

「簡単なことです」

代わりに口を開いたのは、兵介だった。

「誰もが、自分のことしか考えなかったからですよ。京や鎌倉の連中が考えているのは自分たちの権威や権力を守ることで、そのためには蒙古に屈するなんてことは以《もっ》ての外《ほか》。二月騒動も、そうして起こりました」

粛清された北条時輔や名越時章が、蒙古の国書への得宗《とくそう》家の対応に不満を抱いていたという話は、以前景隆に聞いたことがあった。

「あるいは、最初から得宗家は権力を一手に握るために、国書を無視したのかもしれません」

「どういうことじゃ？」

「蒙古という脅威を殊更《ことさら》に言い立てて、国をひとつにまとめたわけです。自分たちの下知に従わなければ国が危ういと言われれば、なかなか逆らうわけにはいかない。しかも、逆らった者は実際に滅ぼされている。かくして、この国は得宗家のもとにひとつになる、というわけです」

宗三郎は、内心驚きを隠せずにいた。元々頭が切れるとは思っていたが、それでも兵介がこんな物の見方をしているとは知らなかった。自分とは視野の広さが違う。そういえば、よく部屋で景隆に借りた書物を読んでいるのを見かけることがあった。

兵介がさらに続ける。

「鎮西奉行にしても、博多と大宰府さえ守りきればいいという考えなのでしょう。御家人ひとりひとりに至っては、自分の領地が守られて、あわよくば手柄を立てて恩賞に与《あずか》ることができればいい、という程度にしか考えていない」

「同じだ。俺だって、自分のつまらない意地のために、戦を待ち望んでいた」

唐人の血が半分流れ、遊女の子でもある自分が周囲に認められ、胸を張って生きていくには、戦で手柄を立てるくらいしか方法がなかった。

寧子がこちらに顔を向ける気配が伝わってきたが、何も言わなかった。

「仕方ない。それが、武士という生き物だ。まあ、さっきはああ言ったが、鎌倉が国書を無視したのも小難しい理屈ではなく、ただ単に武門の意地というやつのためだったのかもしれんぞ」

「だとしたら……最低だ」

やや強い調子で、寧子が言う。

「そんなつまらない物のために、壱岐や対馬の人々が殺されたというのか」

「そういうことです。いや、もしかすると」

そこまで言って、兵介は口を噤《つぐ》んだ。

「何だ。申せ」

寧子が促すと、兵介はややためらいがちに口を開いた。

「もしかすると、壱岐と対馬は、最初から見捨てられていたのかもしれない、そう思ったのです」

「どういうことだ」

「壱岐と対馬が蹂躙《じゅうりん》され、民までもが殺されたとなれば、蒙古に対する怒りと憎しみで、博多に集まった武士たちの結束はさらに強まる。そのために、敢《あ》えて見殺しにした」

「馬鹿な」

思わず、宗三郎は声を荒らげた。

「いくら何でも、そこまで」

「やらない、と言い切れるか？」

落ち着いた声音で尋ねられ、返答に詰まった。

「鎌倉にいるのは、一族同士で延々と権力を奪い合い、殺し合いまでしている連中だ。遠く離れたこの島に生きた人間が暮らしていることなど、頭ではわかっても、本当の意味では理解していない。だから、平然と見殺しにできる」

兵介の口調には、どこか諦めの色が滲んでいる。

「鎌倉など……得宗家など、潰《つぶ》れてしまえばいい」

暗闇の中で、寧子の言葉が呪詛のように響いた。

五

目の前の敵がにやりと笑い、剣を振り上げた。体がびくりと震え、宗三郎は目を覚ました。

夢か。ぼんやりする頭で思って、目を開く。一瞬、自分がどこにいるのか、何をしていたのか理解できない。全てが夢だったのではないか、そんな気さえした。

背中や腰に軋《きし》むような痛みがあるが、なんとか体を起こして周囲を見回す。外から差し込む光は薄《うっす》らと明るく、宗三郎は内心で舌打ちした。眠り過ぎた。夜が明ける前には、ここを出るつもりだったのだ。

ふたりを起こそうと手を伸ばしかけた時、意図せず全身が強張《こわば》った。

がちゃがちゃという、金属の触れ合う不快な音。そして足音。一つや二つではない。十か二十、いや、もっとか。

「起きろ」

鋭く言うと、兵介はすぐに跳ね起きた。寧子も、目をこすりながら上半身を起こした。

「敵が迫っております。お急ぎください」

太刀を背負い、弓を手にした。寧子は表情を硬くしてすぐに尋ねた。

「どうする？」

「逃げます」

「他の者たちは？」

「やむを得ません」

構っている余裕はなかった。下手に助けようなどと考えたら、こちらの身も危うくなる。

足音は、徐々に近づいてきた。他の小屋からも、人が出てくる気配が伝わってくる。外に出ると同時に、東側の森の中から敵が湧き出してきた。数は、三十から四十といったところか。

何軒かの小屋に、火がかけられた。逃げ惑う村人たちへ、敵は狩りでも愉しむかのように矢を射掛ける。村人たちは矢を突き立てられ、あるいは剣や矛に貫かれ、ばたばたと倒れていく。

「逃げるぞ！」

腹の底から込み上げる憤怒《ふんぬ》を抑え、宗三郎は叫んだ。その声を聞いて、数人の敵兵がこちらへ顔を向けた。

素早く弓に矢をつがえ、ひとりを射倒す。兵介の放った矢も、別の敵の眉間《みけん》を射貫《いぬ》いた。

反撃など予想もしていなかったらしく、敵は束の間戸惑ったような表情を浮かべる。

寧子の白く小さい手を握り、駆け出す。だが、あと数歩で森の中に逃げ込めるというところで、寧子は宗三郎の手を振り解いた。

「千丸！」

叫んだ寧子の駆けていく先に、背中に矢を突き立てた千丸の母が俯《うつぶ》せに倒れている。よく見ると、その体の下に千丸がいた。なんとか這《は》い出そうとしているが、母の体が重しになっている。

「姫、お戻りください！」

その声も耳に入らないのか、寧子は足を止めない。母子の傍《そば》に駆け寄り、千丸の手を引いている。やむなく、宗三郎も手伝って千丸を助け出した。母のほうは、もう手遅れだった。

母の血で着物を真っ赤に染めた千丸を、寧子が抱き起こす。そこへ、三人が矛を手に向かってきた。突き出された矛を手にした弓で払い除《の》けると、弦が音を立てて切れた。背中の太刀に手をかける。と、敵のひとりが仰け反った。胸の真ん中に矢が突き刺さっている。兵介の放ったものだった。続けて、もうひとりが首を射貫かれた。宗三郎は太刀を引き抜き、最後のひとりの喉を刺し貫く。

得物を打ち合う音に、振り返った。兵介が、三人を相手に斬り結んでいる。助太刀に行こうとした瞬間、寧子の悲鳴が響いた。

見ると、血に濡れた矛を持った男の足元にできた血溜まりの中に、千丸が倒れていた。男は口元を笑いの形に歪め、血走った目で尻餅をついた寧子を見下ろしている。

束の間、怒りで目の前が赤く染まった。渾身《こんしん》の力で太刀を薙《な》ぐ。首を狙ったつもりだったが、当たったのは男の兜だった。それでも、衝撃で男は白目を剝き、棒のように倒れた。

続けて、兵介と向き合う敵の背中を斬りつけた。もうひとりの腹に、切っ先を突き入れる。残るひとりは、兵介が斬り伏せた。

「まいったな」

苦笑とともに、兵介が言った。

「俺としたことが、ちょっと不覚を取ったみたいだ」

「なんだ、何を言って……」

言いかけた宗三郎が視線をわずかに落とした先、兵介の脇腹から、どす黒い血が溢れ出していた。

驚いて再び視線を上げると、兵介がいきなり口から大量の血を吐いた。

「おい！」

咄嗟に脇の下に手を差し入れ、崩れかかる体を辛《かろ》うじて支えた。

「兵介、しっかりなさい！」

寧子も大声で呼びかけるが、これが致命傷であることは一目瞭然だった。

ゆっくりと片膝《かたひざ》をつくと、兵介は支えの手を振り払った。

「なんだ、おまえの太刀。刃毀《はこぼ》れだらけだぞ」

口の周りを赤黒く汚しながら、こちらを見上げる。確かに、刃毀れと血脂《ちあぶら》で、ほとんど使い物にならない。

「仕方ないな、俺のを使えよ」

兵介が何を言おうとしているのか、分かり過ぎるほどよく分かった。何も言わず、兵介の差し出した太刀を受け取った。兵介は代わりに、敵の落とした矛を拾い上げる。

「まったく、使いづらいな」

ぼやきながら、矛を杖《つえ》代わりにゆっくり立ち上がる。周囲ではまだあちこちから悲鳴が聞こえ、小屋は炎と煙を巻き上げている。

兵介が自分の足でしっかり立つのを見届けると、宗三郎は寧子に顔を向けた。

「姫。まいりましょう」

「待て、兵介は？　まさか、置いて行くのか？」

「我らは、何があっても生き延びねばなりません。ここで立ち止まっていては、お屋形様の……」

「御託《ごたく》を並べている暇はないぞ」

宗三郎の言葉を遮《さえぎ》って、兵介が言う。敵兵が数人、こちらに向かって来るのが見えた。

「姫のお守りはお前の役目だ。しっかりと、最後まで務め上げろよ」

それだけ言って、血で汚れた歯を見せて笑う。頷き、もう一度寧子の手をしっかりと握った。

「走りますぞ」

今度は、寧子も何も言わなかった。言葉に代えて、宗三郎の手を強く握り返してきた。それでいい、というように、兵介がもう一度笑みを見せた。


木立の中に飛び込むと同時に、後方でいくつかの叫び声が重なった。それは断続的に続き、高麗語のようなものが混じることもあったが、兵介の声が聞こえることはなかった。

今は、少しでも遠くに。宗三郎はそれだけを考え、足を動かし続けた。落ち葉を踏み鳴らしながら急な斜面を駆け上がり、茂みを掻き分けて倒木を乗り越え、また下る。どれほどの時間駆け続けたのかはわからないが、とにかくあの場所からはずいぶんと離れたはずだ。誰も追ってくる気配はない。

小高い山の中腹で、足を止めた。そこではじめて、寧子の手を握ったままだったことを思い出す。はっきりと覚えてはいないが、たぶん、一度も手は離さなかった。

「少し、休みましょう」

肩で息をしながら寧子はわずかに安堵《あんど》の表情を浮かべ、その場にへたり込んだ。周囲を藪《やぶ》に囲まれた小さな空間で、隠れるには都合がよかった。

しばらく、無言のままで呼吸を整えた。

荒い息をつきながら、宗三郎はこれからどこへ向かうべきかを思案した。樋詰城が落ちたのか、いまだ持ちこたえているのかはわからない。だが、瀬戸浦にも敵が上陸したのであれば、島の少なくとも北半分はほぼ制圧されていると見て間違いない。敵が去るまで山に籠ってやり過ごすことも考えたが、このまま敵が居座るのであれば、すぐに大規模な山狩りをはじめるかもしれない。そうなれば、逃げきれる可能性はほとんどなくなる。

やはり、どこかの海岸に出て舟を手に入れるべきか。島の南岸まで行けば、まだ漁師舟の一艘くらい残っているかもしれない。望みは薄いが、他に選択肢はなさそうだった。

互いの息遣いしか聞こえなかった耳に、ようやく他の音が入ってきた。風に揺れる梢のざわざわという音や、自分たちが踏んでいる落ち葉の擦れる音。鳥や獣の鳴き声。

ふと周りを囲む低木の向こうに目をやって、宗三郎は眉をひそめた。

雲ひとつない青空の下、幾筋かの煙が立ち昇っている。見る限り、火の手はかなり大きい。ここからは、半里ほど北になるのだろうか。だとすると……。

「城が」

思わず、声が漏れた。寧子も宗三郎が見ている方へ顔を向け、一瞬目を見開く。

「父上……」

空に昇っていく煙を呆然《ぼうぜん》と見上げ、寧子が呟く。宗三郎も、養父の顔をぼんやりと思い浮かべていた。

城を出る前、最後の挨拶はすませていた。寧子を連れて城を脱ける。そう告げると、「よくお役目を頂戴したものよ」と珍しく顔を綻《ほころ》ばせた。あの養父のことだ、きっと年《とし》甲斐《がい》もなく太刀や薙刀を振り回していたことだろう。そして今も、あの煙の下にいるはずだ。おそらくもう生きてはいないだろうが。そして、景隆も。

結局、自分の実の父が誰なのか、尋ねることはできなかった。だがそれも、今となってはどうでもいいことに思える。

不意に、鳥や獣とは異質な甲高い声が耳朶《じだ》を打った。寧子の耳にも届いたらしく、ふたりは顔を見合わせた。

女の泣き声。十月の冷たい風に混じって聞こえてきたのは、間違いなくそれだった。しかも、ひとりやふたりではなさそうだ。いったい何だ。考えるより先に、別の声が耳朶を打った。泣き喚く赤子を叱責するような、甲高い叫び声。たぶん、高麗語だ。その声がした後、泣き声はやんだ。

何が起きているのか、ある程度推測はできた。それでも寧子は、「様子を見に行こう」と言い出した。切れ長の目に力を籠めて、まっすぐに宗三郎を見つめる。

しばしの沈黙の後、宗三郎は折れた。

「わかりました、俺が見てまいります。姫は、ここでお待ちください」

言って腰を上げかけた宗三郎の袴を、寧子が摑んだ。

「私も行く」

「なりませぬ」

思わず、棘《とげ》のある声になった。だが、寧子は首を振り、摑んだ袴を離そうとはしない。

かすかな苛立《いらだ》ちに襲われ、その手を振り払おうとした宗三郎は、寧子が目に浮かべた雫《しずく》に気づいた。

狼狽《ろうばい》する宗三郎を見上げ、消え入りそうな声で言う。

「……ひとりにしないでくれ」

そうだった。普段どれほど勝ち気でわがままな姫君であっても、まだ十六の娘に過ぎないのだ。こんな状況で恐ろしくないわけがない。そんな当たり前のことを、宗三郎は忘れかけていた。

「わかりました。では、絶対に俺の傍を離れないと約束してください」

「わかった」

束の間、確かめるようにじっと寧子の目を見つめた後、藪の中を這い出した。ぴったりと後をついてくる寧子の息遣いを間近に感じながら、声のした方角へ慎重に移動する。

茂みから頭だけを出すと、麓《ふもと》の様子がよく見えた。

大体は、宗三郎の想像した通りだった。敵の兵士が、若い女を連行していくのだ。麓の道を、宗三郎たちから見て左から右へ、方角で言うと、西から東へと進んでいる。敵兵は三人。女は十二、三人はいる。皆、葬列のように押し黙り、俯いたまま歩いていた。着物は乱れ、中には乳房を露わにしている者もいる。

女の数に較べて兵士が少ないのには、理由があった。掌に穴を開けられ、そこに縄を通して数珠繋ぎにされているのだ。掌からはまだ血が流れているらしく、道には点々と血の跡が残っている。

「……ひどい」

寧子が声をひそめて言った。宗三郎も話には聞いていたが、実際に目にした衝撃は想像をはるかに超えていた。これが本当に、人が人に対する仕打ちなのか。

飛び出していきたい衝動を、奥歯を強く噛んで堪《こら》えた。不意を打てば、敵兵を斬り伏せて女たちを助けることができるかもしれない。だが、自分には他にやるべきことがあった。寧子もわかっているのだろう、何も言わなかった。

「まいりましょう」

遠ざかる行列を見送ると、宗三郎は言った。寧子は唇を噛みながらも、素直に頷いた。

中腰になって後ろを向いたところで、宗三郎はその場に固まった。

ほんの五間（約九メートル）足らず先、斜面のやや上のあたりに、ひとりの敵兵の姿。宗三郎が振り返るのとほぼ同時に、敵もこちらへ顔を向けた。

寧子も敵兵に気づき、びくりと体を震わせた。ぎゅっと、宗三郎の袖を摑む。

次の瞬間、敵が指を口に運び、指笛を吹いた。その音に反応して、斜面のさらに上の方、木々の合間から、数人が顔をのぞかせた。

咄嗟に、首を回して後ろを見た。茂みの向こうはかなりの急斜面になっていて、寧子を連れて下りるには危険だった。それに、平地に出るのはできれば避けたい。

一瞬で判断し、寧子の手首を握った。茂みを飛び出し、右に向かって走り出す。高麗語らしき鋭い声が、いくつか交錯する。後ろから足音が追ってきたが、振り返って人数を確認する余裕もなかった。寧子の腕をちぎれんばかりに引っ張り、ひたすら足を動かす。枝葉が顔や手足を引っ掻いて小さな傷を作ったが、構ってはいられない。

甘かった。駆けながら、宗三郎は自分を罵った。数珠繋ぎにされた女たちを目の当《ま》たりにした衝撃で、周囲への注意が疎《おろそ》かになっていたのだ。

後悔の念は、耳元を掠めた矢の唸りに掻き消された。矢は乾いた木の幹に突き立ち、もう一本が頭上を越えていく。宗三郎は、はじめて振り返った。敵は四人、距離は七、八間。弓を持った敵がふたり並び、次の矢を取り出している。

足を止め、寧子の顔を見た。

「俺が、敵を足止めします。姫は先へ」

一瞬の戸惑いがその目によぎったが、すぐに頷き、走り出した。

太刀を抜き、飛んできた矢を二本、続けざまに斬り落とした。矢を放った敵が驚愕の表情を浮かべる。そのふたりに向かって、宗三郎は地面を蹴った。さらに二本矢が放たれたが、一本は叩《たた》き落とし、もう一本は頭を下げてかわした。

次の矢をつがえる前に跳躍し、左側の敵の肩口に太刀を叩きつける。弓を握る肘《ひじ》から先が、ぽとりと落ちた。

返す刀で、右の敵の首筋を斬り裂く。派手に血が噴き上がり、後続のふたりが二間ほどの距離をおいて足を止めた。こちらに矛を向けてはいるが、ふたりともあきらかに怯《ひる》んでいる。太刀を低く構えて踏み出しかけると、背を向けて逃げはじめた。

血を拭って太刀を納め、踵を返した。

そこで、宗三郎は目を疑った。引き返した場所からさらに数間先、木の幹にもたれかかって腰を下ろした寧子の姿が見えた。ここからでも、ぐったりとして、胸を激しく上下させているのがわかった。

不吉な予感が脳裏を掠め、それを振り払うように走った。寧子を見下ろす位置まで駆け、宗三郎はその場に立ち尽くす。心の臓が、胸を突き破りそうなほど強く打った。

「宗三郎か。早かったな……」

寧子は苦しげな笑みを浮かべた。だらりと下げた右の腕から、血が滴っている。その傍らには、一本の矢が落ちていた。周囲を見回しても敵の姿はない。ついさっき宗三郎がかわした敵の矢が、寧子に当たったとしか考えられなかった。そしてそれを、自分の手で引き抜いたのだろう。

だが、傷口は腕の付け根の前側にある。

「一旦は走り出したが、お前が心配になった」

そこで振り向いた時に、矢が飛んできた。そういうことらしい。

「矢で射られるというのは、やはり痛いものじゃな」

再び笑みを浮かべるが、宗三郎の脳裏には、全身を震わせながら死んでいった味方の姿が映っていた。しゃがみ込み、傷口を見た。鏃は肩の骨に当たって止まったようだ。それほど深くはないし、血はかなり出ているものの、急所は外れている。しかしそれでも、毒矢だった。

「俺の……」

俺のせいだ。俺がちゃんと矢を叩き落としていれば。言いかけた宗三郎を遮るように、寧子は首を振った。

「そんな顔をするな。たかが矢傷、大事ない」

そう言って立ち上がろうとして、痛みに顔を顰《しか》める。形のいい唇を引き結んで懸命に堪えているが、すぐに苦しげな吐息が漏れはじめた。

「御免」

短く言って、小袖の襟をはだけさせた。寧子は驚いた顔をするが、構わず傷口に口をつけ、強く吸った。それを、横を向いて地面に吐き出す。同じことを、幾度か繰り返した。これで毒が吸い出せるとは思えないが、何もしないよりはましだろう。

それから、太刀の下げ緒で肩口をきつく縛る。

「毒、なのか？」

答えず、俯いた。それだけで、寧子は悟ったようだった。取り乱す様子もなく、何かを諦めたように虚空《こくう》を見つめる。

何か、何か手立てはないものか。必死に考えたが、何も思いつかない。毒消しの薬どころか、傷口を洗う一滴の水さえないのだ。どこか清潔な水のある場所。そこまで行くのが先決だろう。

背中の太刀を腰に差して、寧子を背負った。その軽さに対する少しの驚きは、時を移さず、この体では並の男より毒が回るのが早いかもしれないという危惧《きぐ》に変わった。

全ての矢に毒が塗られているとは限らない。宗三郎は生まれてはじめて、神仏に祈った。

だが、縋りついたそのわずかな希望は、すぐに打ち消された。

「なんだか、体が痺れる」

耳元で囁かれる弱々しい声に、宗三郎は歯嚙みした。

「話されてはなりません。力が失われてしまいます」

それだけ答えるのがやっとだった。

慎重に、しかし急ぎ足で進むうち、斜面の下に農家が見えた。裏手には狭いながら畑があり、藁葺《わらぶ》きの小さな家のすぐ傍には井戸もある。草むらに隠れて様子を窺《うかが》うが、人の気配は感じられない。念のため足元の手頃な石を摑み、投げてみた。がん、という音がここまで伝わってきたが、誰かが出てくることはなかった。

ゆっくりと斜面を下り、家の中に入った。土間と板敷きの部屋がひとつだけという狭さだったが、贅沢《ぜいたく》は言っていられない。土間に落ちていた筵の上に、寧子を寝かせた。

井戸の水で傷口は洗ったものの、それでどうなるものでもなかった。すでに略奪に遭ったらしく、土間にも部屋にも、薬になるようなものはおろか、米粒ひとつさえない。

そして、裏の小さな畑に唯一残されていたのは、この家の者らしい老夫婦の死体だった。

改めて憎しみが湧き上がってきたが、一旦措《お》いて家の中に戻った。枕元に腰を下ろし、ほとんど蒼白《そうはく》になった寧子の顔を見守る。

容態は、悪化していく一方だった。右腕はもうぴくりとも動かず、顔にも生気がほとんどない。寒気がするのか、背中を丸めてかすかに震えている。

助からない。宗三郎には、はっきりとそのことがわかった。一昨日、何人も矢傷を負った者たちを見たが、こうなって助かった者はひとりもいなかった。

せめて、家の中だけでも暖めてやろう。そう思って腰を上げかけた時、寧子が薄く目を開いた。まだ動く左腕を伸ばし、宗三郎の手に触れた。潤んだ目で見上げ、口を開く。

「お、起こして……く、くれ」

麻痺《まひ》は、顔にまで及んでいるようだった。乾ききった唇が、小刻みに震えている。

少し迷って、首の後ろに腕を差し入れ、ゆっくりと上体を起こしてやった。震える左手で懐に手を入れると、護身用の短刀を取り出した。

「姫、何を」

あるいはそれは、問うまでもないことだったのかもしれない。寧子は横目でこちらを見ると、口の端を少しだけ持ち上げた。

「て、手伝って……く、くれぬ……か？」

穏やかと言ってもいいほどの微笑だった。

このまま瘧《おこり》のようにぶるぶると震えながら緩慢な死を迎えるより、潔く自害を選ぶ。

寧子らしい選択だと、宗三郎は思った。

俺も、ここで死ぬべきだろうか。ふと、そんな考えが頭をよぎった時、寧子がこちらを見た。今度は、叱りつけるような顔つきだった。

「そ、そなたは……し、死んで、死んでは……なら、ぬ」

唇の震えが大きくなってきて、声を出すだけでも辛《つら》そうだった。言葉と言葉の間が、徐々に広がってきている。

「そなたは……わ、私の……」

そこまで言って、寧子はもう話すのをやめた。諦めたように小さく首を振り、宗三郎の目を真っ直ぐに見つめる。その切れ長の目から、雫が一筋零《こぼ》れた。

口が、かすかに動いた。声こそ出なかったが、その口は「頼む」と、確かに言っていた。

「わかりました」

視線をしっかりと受け止め、答えた。出来うる限りの穏やかな声音を出したつもりだったが、上手くいったかどうかはわからない。

「俺は、必ず生き延びます。だから、安心して……」

その先は、口にはしなかった。それこそ、必要のない言葉だ。

後ろに回り、抱き寄せるような格好で両腕を回した。短刀を握る寧子の左手に、両手をそっと重ねる。か細い肩が震えているのが、痺れのせいかどうかは判断がつかなかった。

鞘《さや》を払い、切っ先を喉元に当てる。

宗三郎は祈るような思いで、両手に力を籠めた。

第三章　流離

一

壱岐が敵の手に落ちたという報《しら》せに、博多の町は騒然としていた。

謝国明の屋敷も例外ではなく、使用人たちはそれぞれの荷物を抱えて逃げ支度をはじめている。

騒がしい屋敷にあって、麗花は自室に閉じ籠《こも》って膝《ひざ》を抱えていた。通りには博多から逃げ出す人々が列をなし、小競《こぜ》り合《あ》いのようなことも頻発しているらしいが、そうした声もここまでは届かない。

蒙古軍が壱岐天ヶ原に上陸したのは今から三日前、文永十一年（一二七四）十月十四日申《さる》の刻（午後四時頃）のことだった。

風本の町を焼き払い壱岐守護代の軍勢を打ち破った蒙古軍は、翌日には樋詰城を攻略、全島を制圧したという。守護代平景隆は自刃し、多数の民が殺された。しかも、上陸した敵の多くは高麗軍だったらしい。

高麗が祖国だという意識は、もうほとんど消えている。チマ・チョゴリよりもきつく体を締め付ける小袖や、やけに薄味の料理にも慣れたし、考える時に使うのも日本の言葉だった。

だから、壱岐での戦の話を耳にした時、麗花は眩暈《めまい》に襲われ、一瞬視界が真っ暗になった。ほんの一年半の間しか過ごさなかったが、麗花は壱岐を、ほとんど故郷のように感じていた。目を閉じれば、壱岐のなだらかで優しげな島影や、岬から見える、はっとするほどきれいな夕景が色鮮やかに蘇《よみがえ》る。

その故郷を、自分の生まれた国の軍勢が蹂躙《じゅうりん》した。

宗三郎は、無事だろうか。あの性格だ、きっと先頭に立って戦ったに違いない。思えば、少し前に会いにきた時も、最後に何か言いかけてやめていた。あれは、別れの挨拶だったのかもしれない。

首を振って、胸の内に満ちはじめた絶望を振り払う。子供の頃からあれだけ武芸を磨いてきたのだ。そんなに簡単に殺されるはずがない。

二郎と喜平次の乗った船が沈んだと聞かされた時のことを、麗花は思い出す。あのふたりと宗三郎がいなければ、今の自分はなかった。あの無人島で誰にも見つけられないまま死んでいただろう。その二郎と喜平次が、一度にいなくなった。

あの時も、こんな風に部屋に閉じ籠って誰とも口を利かなかった。屋敷には喜平次の船に荷を預けた商人たちが毎日のように押しかけてきて、銭を返せと喚《わめ》き立てる。誰の顔も見たくなかったし、話したくもなかった。

こんな思いをするくらいなら、無理を言ってでも船に乗せてもらえばよかった。二郎と一緒に海に沈むことになっても、悔いはなかった。ひとり置き去りにされるより、よっぽどましだ。

あれから四年、謝国明夫婦のもとに引き取られてふたりの娘同然に扱われるうちに、少しずつ痛みは遠ざかっていった。

二郎たちの消息は、国明が八方手を尽くして探しても摑《つか》むことはできなかった。

それでも、どこかで必ず生きている。今は、そう信じるようにしている。だから、宗三郎のことも信じなければならない。

「麗花、そろそろ行きますよ」

部屋の外から声がした。国明の妻、志乃《しの》のものだ。やわらかく包み込むようなその声に、いくらか気分が落ち着く。

「わかりました」

明るい声を出して、腰を上げた。

「麗花。賢いあなたのことだからわかっているとは思うけど」

廊下に出ると、志乃が言った。その表情は、かすかだが曇りを帯びている。

「使用人の中には、あなたのことをよく思っていない者も何人かいます」

小さく頷《うなず》いた。この戦がはじまって以来、ひしひしと感じていたことだ。麗花が高麗で生まれ育ったことを知らない者は、この屋敷にはいない。

「ですが、それも一時のこと。戦が終われば、みんなもこれまで通りに……」

「大丈夫です」

志乃の言葉を遮《さえぎ》り、笑顔を作った。

「きっと、戦のせいで苛立《いらだ》っているだけです。さあ、急ぎましょう。みんな、もう庭で待っているのでしょう？」

いずれ、全てが元通りになる。心の中で祈るように唱え、足を踏み出した。

庭に出ると、すでに全員が揃《そろ》っていた。使用人だけでなくその家族も集まっているので、かなりの人数だ。銭や調度、商品の陶磁器などは、時をかけて少しずつ運び出してあったが、それでもまだ、荷を山のように積んだ車が数台停《と》まっている。一行はこれから、大宰府にある国明の別邸に移ることになっていた。

「なに、心配することはない」

一様に不安そうな表情を浮かべる使用人たちに、国明が言った。

「蒙古がいかな大軍といえど、大宰府まで攻め寄せてくることはない」

その声音はいつものように穏やかで、しかし確信に満ちてもいた。

「国明様の言う通りです。さあみんな、もっと元気を出して」

後を受けて言うと、みんなの表情に少しだけ柔らかさが戻った。

だが、中には冷ややかな目を向けてくる者も何人かいた。使用人の多くは日本人で、高麗生まれの麗花に対して含むところがあるのだろう。その者たちにしても、ほんの数日前までは麗花を国明の娘として扱い、よく仕えてくれていたのだ。

うなだれかける己を鼓舞して笑みを作り、声を張り上げた。

「大丈夫、戦なんてすぐに終わります」

どんな根拠があるのかはわからないが、国明が言うのならばきっとそうなのだろう。戦が終われば、全てが元通りになる。今のところ、そう信じるより他なかった。

ここから大宰府まで、普通なら半日程度だが、日はすでに西に傾きはじめている。しかも、この人数と荷の多さ、道の混雑ぶりからして、もしかすると道中で夜を明かすことになるかもしれない。

野宿は慣れていた。高麗にいた頃は、ずっと旅から旅の暮らしだったのだ。秋も終わりだが、高麗の寒さに較《くら》べればどうということもなかった。

高麗にいた頃のことは、今ではほとんど思い出さない。思い出したくない、というほうが正しいかもしれない。

物心ついた頃から国土は荒れ果てていて、それを当たり前のものと思っていた。道を歩けばそこここに死体や白骨が転がっていたし、腹いっぱい食べるということもほとんどなかった。大きな町に行けば、蒙古の軍勢が駐屯していて何かと威張り散らしている。蒙古軍と言っても、本当の蒙古族はほんの一握りで、ほとんどが女真や漢《かん》族だ。中には、早くから蒙古に帰順した高麗人もいた。

麗花が生まれ育ったのは、芸を生業《なりわい》としている小さな村だった。一年のほとんどを、旅をしながら人々に芸を見せて生計を立てていた。

興行の時、母は笛を吹いていた。父は生まれた時からいないが、それを寂しいと思ったことはない。村全体がひとつの一座で、家族のようなものだった。

笛の稽古は厳しかったが、それ以外は優しい母だった。

母の笛の腕は相当なもので、どこの町に行っても評判になり、それを聞いた土地の有力者に屋敷へ招かれることもよくあった。生きることそのものが苦痛だというような沈んだ表情の聴衆が、母の笛の音を耳にした途端に顔を輝かせ、手を打ち鳴らす。その光景を、麗花はいつも誇らしげな思いで見ていた。

八歳で、はじめて客の前で演奏した。前座の余興のようなもので、簡単な曲を一曲吹いただけだったが、その時の客の喜ぶ顔は今も鮮明に覚えている。あの肌がひりつくような緊張感と、喝采を全身に浴びる心地よさは、他のどんなものにも代えがたかった。

村は貧しかったが、役人に税を毟《むし》り取られたり、男たちを兵に取られたりはしなかった。そのせいか、近隣の村の人間からはあからさまな侮蔑の目で見られたり、時には石を投げられたりすることもあった。目を輝かせて踊りや演奏を見つめていた客たちも、演目が終われば似たようなものだった。

芸を生業とする者は、税を取られない代わりに、土を耕す者たちよりも一段低く見られる。旅を続けるうち、漠然とだが麗花にもそのことがわかってきた。

それでも、深く考えることはなかった。普通の農民の家に生まれていれば、様々な土地を旅することも、人前で音曲を披露するようなこともなかっただろう。

冬になれば南へ、夏になれば北へ、旅をしながら母に笛の稽古をつけてもらい、客に披露する。上手《うま》く吹ければ、母や周りの大人たちが褒めてくれる。麗花にとっては、それなりに満ち足りた毎日だった。

だがそんな日々も長くは続かなかった。

「さあ、出発しよう」

国明の声が庭に響いた。

二十人を超える人数だった。荷車は三台あるが、それには荷が満載されている。馬も牛もいないので、全員が徒歩だ。

往来には人や荷を積んだ車や牛馬が溢《あふ》れ返り、博多の町を出た頃には案の定日が沈みかけていた。

町を抜けても、博多を離れる人のほとんどが南を目指しているために、大宰府へ続く道は大混雑だった。さらに、大宰府から博多へ向かう軍兵も多いため行列は遅々として進まず、人々に苛立ちが広がっていくのがわかった。

それからさらに一刻（約二時間）ほど後、どこかから言い争う声が聞こえてきた。かなり遠くで、姿は見えない。

いつ蒙古が攻めてくるかわからず、みんな焦って気が立っている。喧嘩《けんか》くらいは仕方がないのかもしれない。そう思った時、「この高麗者が！」という声が耳朶《じだ》を打った。

驚きで一瞬体が強張《こわば》ったが、麗花が言われたわけではなかった。喧嘩が起きているあたりから聞こえてくる。

思わず、足が動き出した。国明たちが止めるのも聞かず、道の脇に出て声のするほうへと駆けた。空は晴れていて、月や星の明かりで走るのにも苦はない。

声は、街道から少し離れた林の中から聞こえてくる。木の棒や鋤《すき》を手にした数人の男たちが、誰かを囲んでいるらしい。

「高麗者が、ようこんなところにおられたもんたい」

「対馬と壱岐の仇《かたき》ば討ったたい」

林といっても、月明かりが届かないほど深い場所ではない。

囲んでいるのは五人で、その輪の中に、ひとりの老人がいた。必死に手を合わせ、たどたどしい日本の言葉で命乞いしているが、男たちは聞く耳を持たない。

博多の唐房《とうぼう》には、高麗人も多くいた。その中のひとりだろう。身なりは日本人と変わらないが、どこかで高麗語を使っているのを聞き咎《とが》められたのかもしれない。

泣きながらすがりついた老人の顔を、ひとりが足蹴《あしげ》にする。顔を押さえて転げまわる様を見て、周囲から笑い声が上がった。他の者たちも、げらげらと笑いながら次々と老人を蹴りつける。

「ちょっと」

体のどこか深いところから、かっと込み上げるものがあった。これはたぶん、怒りだ。高麗とか日本とか、そんなことを抜きにしても、こんなのは間違っている。

林に分け入って声をかけると、ひとりが振り向いた。駆けてきた麗花に気づき、怪訝《けげん》そうに言う。

「なんね、おまえ」

その声に、さらに数人がこちらを見た。麗花は怯《ひる》みかけたが、腹の底から力を振り絞った。

「そげん大勢でひとりば囲んで、恥ずかしくなかか？」

「なんだと？」

「そんなに高麗が憎いなら、こんなところで弱い者苛《いじ》めしとらんと、博多に戻って戦に加わったらよか」

言うと、男たちが色めき立った。

「しゃあしか。小娘は引っ込んどけ」

「もしかして、こいつも高麗者じゃなかか？」

「やったら容赦せんぞ」

得物を構え、にじり寄ってくる。

「ちょい待ち！」

その時、後ろから声がした。

振り返る。若い女だった。歳《とし》の頃は、二十二、三というところだろう。すらりと背が高く、手足も長い。暗くて顔ははっきりとわからないが、透き通った、しかし張りのある、耳に心地よいと思えるような声だった。

「なんね、また女か」

「邪魔立てばすると、おまえもただじゃおかんばい」

男たちが口々に喚くが、女はまるで怯む様子がない。

「きゃんきゃん吠《ほ》えるしか能がないんかい。ほんま、なっさけないわ、その娘《こ》の言う通りやで。そない大勢で年寄りどつき回して恥ずかしないんか。あんたら、それでも金玉ついてんの？」

麗花と男たちの間に割って入り、聞いたことのない訛《なま》りでまくし立てる。何を言っているのかよくわからなかったが、とにかく凄《すご》い勢いだった。

「弱い者苛めばっかしとらんと、早《はよ》う逃げたほうがええんちゃうの？　蒙古の連中は、小便垂らして命乞いしたって許してくれへんで」

「しゃあしか！」

ひとりが木の棒を振り上げ、踏み出した。麗花は思わず目を閉じたが、続いて聞こえたのは男の悲鳴だった。目を開くと、棒を持った腕を取られ、後ろに捻《ひね》り上げられている。

背中をどんと突かれ、男は地面に転がった。

殺気立った男たちが女を取り囲もうとした時、背後から馬蹄《ばてい》の響きが聞こえてきた。数人の騎馬武者だった。林の外で馬を下り、こちらに向かってくる。

「何をいたしておる。何やら争っている声が聞こえてきたが」

先頭の武者が尋ねた。小柄で、やけに甲高い声だった。

「い、いえ、大したことでは。ちょっとした喧嘩沙汰《けんかざた》で」

「ならば、去《い》ね」

そのひと言で、男たちは逃げるように散っていった。麗花は地面に倒れた老人に駆け寄った。着物は泥だらけで、鼻や口からは血が流れている。

「おじいちゃん、大丈夫？」

顔を覗《のぞ》き込むと、老人は小さく頷いたが、両手で脇腹を押さえ、苦しそうに荒い息を吐いている。

「あばらが折れてるかもしれへんな」

女が、傍《そば》に屈《かが》み込んで言った。焚《た》き染《し》めた香の匂いが、鼻をくすぐる。

「この者は、そなたらの縁者か？」

先ほどの小柄な武者が、近づいてきて言う。他の数人は、従うように後ろに立っている。どうやら、この小柄な武者がいちばん偉いらしい。

「いいえ。この人が囲まれているのを見て、つい飛び出してしまいました」

老人が高麗人であることは伏せておいた。

「そうか。だが、戦を前に気が立っている者も多い。あまり軽はずみな真似《まね》は慎むがよかろう」

言葉こそ大人じみているが、よく見るとまだ十二、三歳くらいにしか見えなかった。それでも、小さめの具足を身につけ、太刀《たち》もしっかりと佩《は》いている。

「季遠《すえとお》」

背後に控えた武者に何か命じると、季遠と呼ばれた男が小さな袋を差し出してきた。中身は銭だった。それも、かなりの重みがある。

「これで、薬師《くすし》に診てもらうがよい。大宰府にはよい薬師が多くいるぞ」

礼を言って頭を下げると、武者たちはすぐに馬に乗った。

「あの、お名前を」

「少弐経資が一子、資時《すけとき》。これより、蒙古を相手に初陣を飾ってまいる」

少弐経資。どこかで聞いたことがある気がして、すぐに鎮西奉行の名だと思い当たる。この戦の采配は、経資が振るうらしい。

「安心いたせ。蒙古など、大宰府に一歩も近づかせぬ。博多の海に叩《たた》き込んでやるわ」

屈託のない声でそれだけ言って、資時は馬腹を蹴った。

あんな子供まで、戦に出るのか。暗澹《あんたん》たる思いで、駆け去っていく騎馬武者たちの背を見送る。

資時の姿が、どこか幼い頃の宗三郎に重なって見えた。

「ほんまに、武者ゆう生き物は戦が好きやな。どいつもこいつも、どうしようもない阿呆《あほ》ばっかりや」

女が吐き捨てるように呟《つぶや》く。月明かりに照らされたその顔を、麗花ははじめて直視した。

目鼻立ちのはっきりとした細面《ほそおもて》で、麗花の目から見てもはっとするほどの美人だった。麗花よりも頭半分ほど背が高く、しっかりと背筋を伸ばした立ち姿は、凜《りん》とした美しさがある。

「そうや。まだ名前も聞いてなかったな。うちは桔梗《ききょう》。あんたは？」

「ああ、麗花っていいます」

「へえ。変わった名前や」

お互い様でしょう。そう思ったが、桔梗は構わず喋《しゃべ》り続ける。

「けどまあ、あれやで。あの若武者の言う通りや。うちは多少の心得があるからええけど、あんたみたいななか弱い娘が、あんま無茶な真似したらあかんわ」

「はあ」

「あれ？　あんた、それ」

桔梗の目が、麗花の腰のあたりに向けられた。

「ああ、これですか」

帯に差した笛を抜き、袋から取り出す。

「ちょっと見せて」

返事をする前に麗花の手から笛をもぎ取り、興味深そうにまじまじと見つめる。月明かりにかざしながらひとしきり眺めると、にこやかな笑みを浮かべた。

「うん。なかなかええ笛やないの」

「母の形見です」

差し出された笛を受け取り、答えた。

「へえ、そら大切にしたほうがええで。あんたも吹くの？」

「ええ、まあ。多少は」

見た目と中身がずいぶんとかけ離れた人だなあと思っていると、林の外から「桔梗さん、どこ行ってもうたんですか」という声が聞こえてきた。若い男の声で、他にも何人かいるようだ。

「お、ようやく来よったで。うちの一座の若い衆や」

「一座？」

「おーい、こっちやでー！」

麗花の疑問には答えず、声のするほうへ向けて叫ぶ。

「一座って、何の……」

「あんたの笛、聴いてみたかったけど、そろそろ戻らなあかんわ。あんたは、連れはおらへんの？」

麗花の疑問には答えず、自分勝手に尋ねる。別にわざと無視しているわけではなく、きっとそういう性格なのだろう。

「ええと、行列の中に」

「ほな、心配してるやろ。早う戻ったほうがええで。あのお爺《じい》は、若い衆に面倒見させるよって」

ほれほれ、と犬でも追い立てるように手を振るが、それでも不思議と、嫌な気分にはならない。一礼すると、桔梗は満面の笑みを返してきた。

二

麗花たちが大宰府の安楽寺天満宮近くにある謝国明の別邸に入ったのは、十八日の早朝のことだった。

荷を解く間もなく、別邸には戦の詳報が続々ともたらされてきた。国明は鎮西奉行の少弐家とも懇意にしているので、そのあたりからの情報だろう。

壱岐を制圧し、博多に攻め寄せるかと思われた蒙古軍は、一転して松浦《まつら》に矛《ほこ》を向けた。そこには古くから松浦党と呼ばれる武士団がいたが、そのほとんどは博多の守りについていて、残っていたのは老人と女子供ばかりだった。松浦に上陸した蒙古軍は、対馬や壱岐と同じように暴虐の限りを尽くし、船に引き揚げていった。

そして十月十九日、蒙古の船団が博多湾に現れた。

翌二十日、敵は今津、筥崎《はこざき》などから続々と上陸を開始する。その数およそ二万。対する日本軍は、一万いるかどうかというところだった。

もう日没が近いが、博多・百道原《ももちばる》などでは今も激戦が続いているらしい。国明が言うには、個々の武技では日本が勝るが、集団での戦いになると蒙古のほうが上回る。矢も蒙古のもののほうがよく飛び、さらには震天雷《しんてんらい》という轟音《ごうおん》を発して鉄片を撒《ま》き散らす武器まであるという。

「敵がそれほどに強いのなら、ここも危ないのでは」

麗花が尋ねると、国明は笑ってかぶりを振った。

「蒙古の狙いは、大宰府ではない」

「では、京の都に？」

このまま都が落とされてしまえば、日本も蒙古の属国になってしまうのか。そして高麗のように、国土も人心も荒れ果ててしまうのだろうか。

だが、国明はそれも否定する。

「たかだか二万程度の軍勢で日本の全土を平定することなどできんよ。それは蒙古もわかっておる。つまり、此度《こたび》の戦はただの脅しじゃ」

「脅し？」

さよう、と国明は頷く。

「大軍を送って日本を隅々まで制するよりも、己の強さを相手に見せつけて、屈服させようということじゃ。そのほうが、犠牲もずっと少なくすむ。宋人たちは蒙古のことを蛮族と蔑《さげす》むが、なかなかにしたたかな者たちじゃ」

夜になると、博多へ出陣していた武者たちが続々と引き揚げてきた。麗花は外に出てその様子を見に行ったが、誰もが疲れきった足取りでうなだれたまま歩いている。戦のことなど何も知らない麗花にも、ひどい負け戦だったのだとわかった。

あの、少弐資時という若武者は無事だろうか。ふと思ったが、知る術《すべ》はなかった。

武者たちの憔悴《しょうすい》しきった様子に、敵が今にも攻め寄せてくるのではないかと、大宰府中が騒然となった。町民たちの中にも、荷物をまとめて逃げ出す者が跡を絶たない。それでも国明は、泰然と屋敷に腰を据えていた。

蒙古はすぐに引き揚げる。国明のその言葉を疑うわけではないが、やはり不安は押し寄せてくる。

床につき、目蓋《まぶた》を閉じても、眠れはしなかった。

燃え盛る家々と、追い立てられる村人たち。胸に矢が突き刺さった祖父。そして、体を槍《やり》で貫かれた母の顔。眠りに落ちかけるたび、幼い頃目《ま》の当たりにした光景がまざまざと蘇る。

ほとんど眠れないまま、夜が明けはじめた。

外がやけに騒がしかった。兵たちの呼び交わす声や物具が触れ合う音、馬蹄の響きなども聞こえてくる。

敵が大宰府まで攻めてきたのか。そう思い、慌てて跳ね起きて広間に出た麗花を、国明がいつもと変わらない穏やかな笑顔で迎えた。卓につき、のんびりと茶を啜《すす》っている。

「国明様。戦は、戦はいかがなりました?」

「まあ落ち着きなさい、麗花」

苦笑しながら、椅子を勧める。腰を下ろしたところで、国明が言った。

「蒙古軍は、博多湾から姿を消した。戦は終わったのだよ」

信じられないほど呆気《あっけ》ない結末だった。対馬・壱岐・松浦を蹂躙し、博多で日本の軍勢を打ち破った蒙古軍が、一夜にしていなくなったのだ。

詳細な報せは、その日のうちにもたらされた。

早朝、物見を放ってみると、敵の船団が博多湾から消えていた。海面には、幾艘《いくそう》かの敵船が座礁《ざしょう》していた。功名に駆られた武者たちが小舟で漕《こ》ぎ寄せてその乗員を捕らえ、言葉のわかる者に訳させると、敵は夜のうちに高麗へ引き揚げていったのだという。捕らえられた敵兵は、そのほとんどが首を刎《は》ねられた。

やはり、国明の言った通りだった。敵に、本気で日本を攻め滅ぼす気などなかった。

蒙古の強さ、恐ろしさを存分に見せつけることができればそれでよかったのだ。そして麗花が見る限り、それは成功している。屋敷の使用人たちも、大宰府の町の往来を行き交う武者たちにも、しっかりと恐怖の念が植えつけられているように見えた。

「これから、どうなるのでしょう」

翌日、博多へと戻る道すがら、麗花は国明に尋ねた。

「この国は、蒙古の属国となるのでしょうか」

「それは、わからんな」

目を細めながら、国明は呟くように答えた。

「いずれまた、蒙古から使者が来る。それに鎌倉がどう答えるかだが、おそらくはこれまで同様、黙殺だろうな」

「それでは」

「また、戦になる。しかも、蒙古は今度こそ本気だ」

口調は穏やかだが、どこか憤りにも似たものが滲《にじ》んでいる。何に対する憤りなのか、麗花は束《つか》の間《ま》考えてみた。

己の武力を誇示するため、他国を蹂躙する蒙古か、それとも戦を避ける手立てを何も講じようとしないこの国か。あるいは、その両方なのかもしれない。

博多に着いたのは、その日の夕刻だった。

町は、跡形もなく焼き払われていた。息浜の町並みも、猥雑《わいざつ》なほどに賑《にぎ》わっていた唐房も、全てがただの焼け跡と化していた。まだ燃えている場所があるのか、日が沈みかけた薄紫色の空に、黒い煙が数条立ち昇っていく。沖合に目を凝らせば、座礁していたという蒙古軍の船も見えた。

家を失った町の住人たちが、そこかしこで途方に暮れていた。往来を行き交う武者たちも、唐突に終わりを告げた戦に、安堵《あんど》とも戸惑いともつかない虚脱した表情を浮かべている。

「ひどい……」

無残に焼け落ちた屋敷に、麗花は思わず漏らした。使用人たちも、呆然《ぼうぜん》とその場に立ち尽くしている。住み込みで働いている者も多く、この屋敷は彼らの家でもあった。

「あたしらの住む場所が、なくなってしもうた」

うなだれたままぽつりと呟いたのは、お春だった。

以前は喜平次の下で働いていた下女で、麗花とともに国明の屋敷に移ってきた。夫はずいぶん前に病で死んだらしいが、娘が壱岐の百姓の家に嫁ぎ、孫も産んでいる。その娘たちがどんな目に遭ったのかは、想像に難くない。

お春は顔を上げ、麗花を睨《にら》みつける。

「旦那様。聞いた話じゃあ、蒙古の先導ばしたのは高麗の軍勢やって言うじゃなかですか。それなのに、高麗の娘なんて置いておいてよかとですか」

お春が言うと、何人かが追随した。

「壱岐ば攻めたのも、高麗軍やって聞いたばい」

「ひょっとすると、高麗と通じておるやもしれんたい」

「最初から、壱岐や博多を探るためにやってきたんじゃ。そうに決まって……」

「黙れ！」

非難を遮って響《つ》いたのは、はじめて耳にする国明の怒声だった。お春たちもそうなのか、驚いて口を噤《つぐ》む。

「麗花がこの国に流れ着いたのは、まだ十歳の時じゃ。そんな子供が間諜《かんちょう》など務めるはずがあろうか。いや、それ以前に麗花がそのような真似をすると本気で思っているのか。この数年の間、おまえたちはいったい何を見てきたのだ」

使用人たちは唇を引き結び、再びうなだれた。それでもまだ納得がいかないのか、お春だけは麗花を睨んでいる。

「その娘が現れてから、ろくなことが起こらんたい」

絞り出すように、お春が言った。

「壱岐は戦場になって、あたしの娘や孫は、どうなったのか皆目わからん。この屋敷も焼かれ、住む場所ものうなった。喜平次の旦那や二郎の若旦那が死んだのも、この娘のせいじゃ。この娘は、不幸を呼ぶ疫病神《やくびょうがみ》じゃ！」

その暗く澱《よど》んだ視線は、この世の不条理全ての原因が麗花にあると言わんばかりだった。ひやりとしたものが全身を包み、麗花はその場に立ち尽くす。

壱岐に流れ着いて以来、お春はずっと麗花の身の回りの世話をしてきた。はじめて喜平次の屋敷に来た時、この国の着物を着付けてくれたのがお春だったのだ。

それからは、この国の礼儀作法や、有徳人《うとくにん》の令嬢らしい言葉遣いも教わった。それらを麗花が身につけるたび、お春は満面の笑みを浮かべて誉《ほ》めそやした。そのお春が、今はまるで汚らわしい物でも見るような目を、麗花に向けている。

「お春」

国明が、いつもの穏やかな声音で呼びかけた。

「おまえの気持ちはわかる。さぞや辛《つら》かろう。じゃが、子や孫を失ったのはそなたばかりではない。いや、まことに失ったかどうかもまだわからん。おまえがやるべきなのは、人に怒りの矛先を向けることではなく、子や孫が必ず生きていると信じてやる。それではないのか」

お春の口から、嗚咽《おえつ》が漏れた。やがて膝をつき、声を上げて泣きはじめる。その姿を、麗花は直視することができなかった。

こんなに簡単に壊れてしまうものだったのか。その思いに愕然《がくぜん》とする。

麗花の震える肩を、国明の小さな手が摑んだ。

「みんな、よく聞け。一時の感情に任せ、つまらぬ考えに振り回されてはならん。麗花はこれまでも、そしてこれからも、我らの大事な家族じゃ。住む場所がなくなったというなら、これから造り直せばよいだけのこと。この場にいる誰もが欠けることなく戦が終わったのだ。まずはそのことを喜ぼうではないか」

何人かが頷き、あたりを覆っていた重苦しい空気が、ほんの少しだけ和《やわ》らいだ。

それでも麗花は、肩の震えを止めることができなかった。


それから十日と経《た》たないうちに、町の復興が本格的にはじまった。

材木を運ぶ船がひっきりなしに湊《みなと》に出入りし、槌音《つちおと》と威勢のいい掛け声が響き渡る。国明の屋敷でも、焼けた柱などは除《の》けられ、真新しい材木が庭に積み上げられている。半信半疑だった敵の撤退も、時が経つにつれてはっきりと信じられるようになった。どこか不安げだった人々の間にも、笑顔が見えるようになっている。

戦の直後から流れはじめた噂《うわさ》によると、蒙古軍は高麗へ引き揚げる途中、大風に遭って相当な数の船が沈んだのだという。壱岐や対馬の沖合は、大破した船の残骸に加え、波間を漂う兵や水夫《かこ》の死骸で埋め尽くされていたらしい。

麗花がその惨状を想像したのはほんの束の間で、それよりも他になすべきことが山ほどあった。男たちはすでに屋敷の再建に取りかかっていて、女たちは炊事や洗濯に追われている。人手はいくらあっても足りず、麗花も女たちとともに埃《ほこり》まみれになって働いた。

十一月最初の三斎市《さんさいいち》の日、麗花たちは承天寺の境内にいた。

萬松山承天寺は三十二年前、前の鎮西奉行だった少弐資頼《しょうにすけより》を大檀越《だいだんおつ》として開山した臨済宗の寺院だった。開山に当たっては、国明も多額の銭を出したらしい。以前は四十三寺を有する九州一の名刹《めいさつ》として栄えていたが、この戦でほとんどが焼失していた。

戦の爪痕がいまだ消えない境内では、国明によって蕎麦《そば》がきが振舞われていた。いくつかの大鍋が火にかけられ、それぞれに行列ができている。麗花も、朝早くから蕎麦の粉をこねるのを手伝った。なかなかに力のいる作業で、終わった頃には全身がくたくたになっていた。

国明は、以前にも飢饉《ききん》の年に、飢えた人々を助けようと貧しい人々に蕎麦粉を配ったことがあったという。行列に並ぶのは、裸の乳飲み子を抱えた若い女や、手を合わせて念仏を唱えている老婆など、貧しく食べる物にも事欠く弱者ばかりだった。

昼近くには鍋の中身も尽き、麗花は小枝《さえ》と他に下女ふたりを連れて、参道の市を散策していた。

「ずいぶんと活気が戻ってきましたね、麗花様」

下女の小枝が、目を細めて言った。国明に仕える女たちの中では最も歳が近く、気心も知れている。

空が高い。日はようやく中天に差しかかったばかりで、日なたに出れば、それなりに暖かい。何より、人でごった返す往来は熱気に溢れていて、寒さなど感じなかった。

承天寺の門前では、三斎市が開かれている。町はまだあちこちに焼け跡が残り、甲冑《かっちゅう》に身を固めた武者たちが通りを忙《せわ》しなく行きかっていて、戦の匂いは色濃い。市も、品数は以前とは比べ物にならないほど少ない。魚や米、野菜といった食べ物を売る店がほとんどで、反物や唐物《とうぶつ》などの贅沢品《ぜいたくひん》は見られなかった。それでも、久しぶりに味わう人々の活気に、麗花の気分も少しだけ和《なご》んだ。

物売りの威勢のいい掛け声や子供の笑い声を聞いていると、つい十日ばかり前にここが戦場だったとは思えない。

しばらく何をするでもなく歩いたところで、麗花はふと足を止めた。

「麗花様？」

怪訝な顔の小枝にも答えず、耳を澄ます。

どこかから、鉦《かね》や太鼓の音色が聞こえてくる。まだ遠くて小枝たちは気づかないようだが、北からの風に乗って聞こえるのは、確かに音曲だった。

特に珍しいものではない。それでも麗花は、何かに引き寄せられるように、早足で音のするほうへ歩き出した。

承天寺からほど近い、小さな神社だった。その境内の一角に、竹矢来《たけやらい》が巡らされていた。間口は五間（約九メートル）、奥行きは七、八間といったところだろう。矢来には筵《むしろ》が張られ、中の様子は見えない。だが、音色はその中から聞こえてくる。

「小枝、お願い」

入り口の木戸で銭を払うらしいと理解し、人数分を払ってもらった。小枝たちも、こうした芸事は嫌いではない。

腰を屈めて狭い木戸をくぐると、中は体が浮き立つような音色に満ちていた。甲高い笛の音に、腹の底に響くような太鼓。びんざさらという、三寸（約九センチメートル）ほどの木の板を何十枚も重ねた楽器も盛んに打ち鳴らされている。そうした軽やかな拍子に乗せて、今様《いまよう》が唄われていた。

中には舞台が設《しつら》えられていた。といっても、四方に杭《くい》を打って注連縄《しめなわ》を張り巡らせただけの簡素なものだ。その舞台前には筵が敷かれ、数十人が腰を下ろしている。集まっているのは、ぼろをまとった童《わらべ》から裕福そうな商人、小者《こもの》を従えた侍までと様々だ。その雑多な人々が、一様に愉《たの》しげな目を正面に向けている。

麗花の目も、一瞬で舞台に釘付《くぎづ》けになった。

中央では、扇子を持った若い女が舞いながら唄っていた。清流のせせらぎのように澄んだ声音だが、決してか細くはない。むしろ、凛とした力強さのようなものまで感じさせる。

白拍子《しらびょうし》のように烏帽子《えぼし》はかぶらず、袴《はかま》も水干《すいかん》もつけていない。代わりに、薄紅色の小袖の上に、桃色地に色取り取りの花を描いた小袿《こうちき》を羽織っている。両の腕や小袖の裾から時折覗く脛《すね》は、陶磁器のように白い。

その唄い手の顔を見て、麗花は思わず声を上げた。

舞台で舞い唄っているのは間違いなく、大宰府へ逃れる途中に出会った、桔梗という あの変わった女だった。あの時言っていた一座というのは、このことだったのだろう。

桔梗も、麗花に気づいたらしい。こちらを見て一瞬驚いたような表情を浮かべた後、すぐににっこりと微笑《ほほえ》んだ。

その桔梗を中心にして、数人の娘がびんざさらを手に舞い踊っていた。踊り娘《おどりこ》たちは、互いに近づいたり離れたり、輪になったかと思えばまた一列に並んだりと、舞台狭しと動き回っている。その後ろには十人ほどの囃子方《はやしかた》が並び、それぞれの楽器を演奏していた。

「何でしょう。傀儡《くぐつ》や白拍子とは違うみたいですけど」

小枝は首を傾《かし》げるが、その顔はどこか心地よさそうだった。他の下女も、食い入るように舞台に見入っている。

これまでに見たことのない、芸の形だった。

強いて言えば、麗花が生まれた村でやっていた芸が近いのかもしれない。はじめて謝国明の屋敷に来た時に見た一座の芸にもよく似ていた。踊り出したくなるほど軽やかで速い拍子に、猥雑とも言えるくらい賑やかな演奏。とにかく、この国にもこんな芸を見せる一座があるというのは驚きだった。

舞台で唄い、演奏する桔梗たちは、実に屈託のない笑顔を浮かべている。

自分が笛を吹く時、あれだけ愉しそうな顔をしていただろうか。そんな疑問がふと、頭に浮かんだ。蒙古との戦がはじまってからというもの、笛は自分の部屋に置きっ放しで、もうずいぶん吹いていない。

不意に、幼い頃の記憶が蘇ってきた。

はじめて客の前で笛を吹いた時の、胸が張り裂けるほどの緊張感。演奏を終えた後の達成感や、全身に降り注ぐ歓声と喝采。

国明の屋敷に引き取られて以来、師について笛を学んでいた。師は高麗生まれで、母に勝るとも劣らない技量の持ち主だった。

おかげで、技術はしっかりと身につけることができたと、自分でも思う。だが、あの頃のように浮き立つような気分は、今は失っている。

何より、明るい調子の曲が吹けない。無理に吹こうとしても、何かが胸につかえるような気がして、指が動かなくなるのだ。母や村の仲間たちを失ったあの日から、ずっとそうだった。

笛の師は、蒙古の大軍が対馬に上陸したという報せが届いた日、姿をくらました。

一際《ひときわ》高い笛の音が響き、曲が終わった。

一瞬の静寂の後、拍手と歓声が沸き上がる。喝采を全身に浴びながら、桔梗が頭を下げた。にこやかな笑みを浮かべているが、どこか誇らしげでもある。

麗花はしばらくの間、その姿に見惚《みと》れていた。

三

梅雨も明け、夏の盛りだった。

見渡す限りに高々とそびえる山々の緑が眩《まぶ》しい。頭上からは虫や鳥たちの鳴き声が降り注ぎ、道の両脇には、無窮花《ムグンファ》が力強く咲き誇っている。

「ほら、後少しだから頑張るんだよ」

後ろから聞こえる母の励ましに、麗花は無言で頷いた。強い日差しが、十歳の子供には重過ぎる荷を負った背中に容赦なく照りつける。

額の汗を拭いながら急な坂を登りきると、眼下の小さな盆地に広がる家並みが見えてきた。家はみな粗末な造りで、狭い畑に出ているのは、腰の曲がった老人や麗花よりもさらに幼い子供ばかりだった。

ほんの三月《みつき》ほどの旅回りだったが、久しぶりに見る故郷の村は懐かしかった。土地は痩せ、わずか二十戸余りの小さな村でも、故郷は故郷だ。

長い坂を下ると、村に残っていた年寄りや子供たちが出迎えた。

「ハラボジ（おじいちゃん）！」

荷をその場に置いて、麗花は叫んだ。駆け出し、祖父の痩せて小柄な体に飛びつく。

「麗花、いい子にしておったか？」

祖父は、皺《しわ》だらけの顔をさらにくしゃくしゃにして、麗花を抱き上げた。

以前は、小柄だが筋骨逞《たくま》しく、狩りの腕では右に出る者はいなかったという。だが、二年前に祖母が病で他界して以来、ずいぶんと老け込んでいる。

「アボジ（お父《とう》）、ただいま」

母がにっこりと微笑むと、祖父は大きく頷きを返した。

「そろそろ帰る頃じゃと思ってな、山に罠《わな》を仕掛けておいた。鹿と猪《いのしし》が一頭ずつじゃ。今夜はそれを捌《さば》こう」

祖父の言葉に、歓声が上がった。

麗花の村では、芸が身に付かなかった者は狩りに出るか、畑を耕すことになっている。

獲物から剝《は》いだ皮は、旅回りに出る者がついでに町で売ったりする。とはいえ、その役割の差によって上下関係があるわけではなかった。

それぞれが、自分に合ったことで村に貢献する。それが、唯一の掟《おきて》だった。

旅の荷を解くとすぐに、村の中央の広場で獣の解体がはじまった。麗花の祖父が中心となって、村の若い男たちに指示を出している。麗花たちが帰ったのがよほど嬉《うれ》しいのか、祖父の声にはいつになく張りがあった。

祝い事や旅から戻った時には、狩りで仕留めた獣を捌き、村人全員で鍋を囲んで食べるのが慣例だった。

麗花は、他の村人たちほど肉が好きではなかった。何より、血を見るのが苦手なのだ。小さい頃一度、首を落とされた猪から噴き上がる血を見て、気を失ったことがある。記憶にはないが、気づいた後も大泣きして大変だったと母と祖父が言っていた。そのため、祖父に山へ入って野草を摘《つ》んでくるように頼まれると、喜んで引き受けた。

籠《かご》を背負い、山へ分け入る。

山を歩くのは得意だった。昔から、緑の匂いを体中に吸い込み、鳥や虫の声に耳を澄ましていると、不思議なほど心が落ち着く。梢《こずえ》の合間からぼんやりと青い空を見上げているうちに日が暮れて、村中が大騒ぎになったこともあった。

あの時はこっぴどく叱られた。あまり遠くまで行かないようにしないと。そんなことを考えながら、野草を摘んでいく。どのあたりに多く生えているかは、だいたい頭に入っていた。

しばらく山を登ると、見晴らしのいい場所に出た。木々はそこで途切れ、その先は急な崖になっている。周囲の山々が見渡せ、目を下に向ければ村が一望できる、麗花のお気に入りの場所だった。

もう、籠の半分近くは摘んでいる。少し休憩することにして、下草に腰を下ろした。広場に集まった村人たちが、豆粒ほどにしか見えない。自分が急に大人になったようで、いい気分だった。

日はまだ高い。ここでしばらくのんびりして、それからまた野草を摘みながら帰って、ちょうど解体が終わるくらいだろう。獣の肉は苦手でも、みんなで鍋を囲むのは好きだった。

大きく伸びをして、その場に寝転がった。心地よい風が頬を撫《な》でていくのを感じながら、大の字になって流れる雲を眺める。

どれほどそうしていただろうか。ふと笛が吹きたくなって、体を起こした。この距離なら、村人たちにも聞こえるはずだ。みんな、驚いた顔でこっちを見上げるだろう。想像して、帯に差した笛の袋の口を解いた。

はじめて客の前で演奏した祝いに、母に貰《もら》ったものだった。それまで使っていたものよりもずっと吹きやすく、音もいい。

笛を袋から取り出そうとした時、視界の片隅に一筋の煙が立ち昇っていくのが映った。肉を焼くための火が焚かれているのだろう。はじめはそう思ったが、どこかおかしい。煙は真っ黒で、しかも量が多過ぎる。

火事。そんな言葉が頭を掠《かす》め、麗花は跳ね起きた。その間にも、煙はさらにひとつ、ふたつと増えていく。

木の幹に摑まって身を乗り出し、村を見下ろす。

そこには、信じられない光景が広がっていた。煙を噴き上げているのは、家だった。それも、一軒や二軒ではない。

鎧《よろい》をつけた見知らぬ男たちが、村人を追い回していた。男たちの手にするきらきらと光る棒のような物は、おそらく剣や槍だろう。他に、弓矢を手にした者や、松明《たいまつ》で家々に火をつけて回る者もいる。

男たちは、二十人近くもいた。一際目立つ銀色の鎧をつけ、馬に乗った男が大将らしい。

村でいったい何が起きているのか、まるで理解できなかった。なぜ、こんな山間《やまあい》の小さな村が襲われるのか。あの男たちは何者なのか。山賊にしては、身なりが整い過ぎている。蒙古の軍勢かとも思ったが、そうでもなさそうだった。町で見かける蒙古の兵とは身なりが違うし、蒙古兵はほとんどが馬に乗っていた。

斬りつけられ、矢を受けた村人たちが、ばたばたと倒れていくのが見えた。崖の下から吹き上げる風に乗って、断末魔の悲鳴が聞こえてくる。

昔から、耳の良さを母から褒められた。笛を吹く身にあっては、欲しくても手に入らない、持って生まれた才なのだという。その時は嬉しかったが、今はこんな耳などいらないと思った。村人たちの悲鳴など、聞きたくはなかった。

目を凝らし、母や祖父の姿を探した。が、ここからでは確かめようがなかった。

「皆の者、とくと聞け！」

騎乗の男が、剣を突き上げて叫ぶ。その周りに、男たちが集まってきた。

「これよりこの地は、抗蒙の拠点となる。我らはこの地に拠《よ》り、高麗より蛮族をひとり残らず打ち払うための戦いをはじめるのだ。協力する者は、今後もこの地に住まうことを差し許す。逆らう者あれば、蛮族の一党と見做《みな》し、斬り捨てる」

男が何を言っているのか、まるでわからない。蛮族というのは、蒙古のことだろうか。ずっと昔からこの地に住んできた自分たちが、なぜあの男に許しを請わなければならないのか。

「ふざけるな！」

その声が響くと同時に、男が馬上で体を仰《の》け反《ぞ》らせた。

声の主は、祖父だった。麗花たちが住む家の戸口に立ち、狩りに使う半弓を手にしている。その傍らには、母の姿もある。騎乗の男に視線を戻すと、その左の肩口には短い矢が突き立っていた。

男が顔を歪《ゆが》め、部下に向けて何か喚いた。

次の瞬間、祖父の体が大きく震えた。矢が、胸の真ん中に突き刺さっている。母の叫び声。祖父はゆっくりと膝を折り、前のめりに倒れた。

耳をつんざくような悲鳴が響いた。自分の声だと気づくまで、少しかかった。

騎乗の男が、剣先を麗花に向けた。三人が、こちらに向かってくる。

「麗花、逃げなさい！」

母の声。すぐに途切れた。胸の中央から、何かが突き出ている。槍で貫かれた。頭の片隅で思ったが、理解はできない。わけもわからず、胸に抱いたままの笛を強く握った。

母が膝をついた。口から血を流しながらなおも、何か叫ぼうとしている。

逃げなさい。生き延びなさい。母の口は、そう動いたように見えた。

「逃がすな。必ず捕らえよ！」

騎乗の男が、狂ったように剣を振り回す。

体が、勝手に動き出した。踵《きびす》を返し、林の中に飛び込む。這《は》うようにして急な斜面を登り、倒木を飛び越え、胸元まで伸びた熊笹《くまざさ》を掻《か》き分けて進む。

生き延びる。頭にあるのは、それだけだ。怒りや哀《かな》しみよりも、恐怖が体を衝《つ》き動かしていた。

日が落ちるまで、無我夢中で逃げ続けた。暗くなってからは、山の中で見つけた洞穴で震えながら眠った。

翌朝、空き腹を抱えて山を下りた。

かなりの距離を駆けたつもりだったが、辿《たど》り着いたのは麗花の村からそれほど離れていない、隣村といってもいいような場所だった。

旅回りに出る時は必ず通る村だが、麗花の村の者にはあまりいい感情を持ってはいないらしい。汚れきった格好で突然現れた麗花に、村人たちは不審な視線を向けてきた。村が襲われたと言っても、取り合ってくれる大人はいなかった。関わり合いにもなりたくないのか、食べ物を恵んでくれる者もいない。最後には、野良犬のように村から追い払われた。

李三の一行に出会えたのは、僥倖《ぎょうこう》といってよかった。空腹と喉《のど》の渇きで街道脇に蹲《うずくま》っていたところを、李三たちが馬で通りかかったのだ。ちょうど、麗花の村へ向かうところだったという。

李三という男について、村をよく訪れる商人で母と旧知の仲だということ以外、麗花はほとんど何も知らない。顔はいかつく角張っていて、肌は年中日に焼けている。それでも、李三が麗花を見る目には優しさが感じられた。この人が父親だったらよかったと思ったことも、幾度かあった。

　李三を認めると、麗花は村で起きた一部始終を語った。語るといってもおそらく支離滅裂で、ほとんど泣き叫んでいただけだったかもしれない。

　そのまま李三の馬に乗って、西へ向かった。

　数日間の旅の間、麗花は口を開かなかった。ただ馬に揺られ、食事をし、眠る。それの繰り返しだった。

　やがて、川とも湖とも違う、とてつもなく大きな水溜《みずた》まりが見えてきた。

　船着場で李三の船に乗り換え、江華島という島へ渡った。その島に築かれた町は、江都と呼ばれていた。ここが高麗の都だと知ってはいたが、華やかさはどこにもない。誰の表情も暗く疲れきっていて、どこかくすんでいるように見える。

　それからすぐに、大きな屋敷に入った。そこで出迎えた男が、麗花の父親だと名乗った。

　はじめて見る海にも、高麗の都にも、心が動くことはなかった。実の父親と会っても、それは変わらない。王朝に仕える武臣で、それなりの地位にあることは屋敷の構えを見ればわかった。それにふさわしい威厳のようなものも漂わせていて、麗花に会うなり、母にすまないことをしたと頭を下げた。李三とは同郷の友で、時折麗花と母の様子を見に行くように頼んでいたのだという。母子が食べていくのに困らない程度の金銭も渡していたらしい。

母とは、地方を巡検した際に宴席で出会った。その後も、折あらば村へと足を延ばして逢瀬《おうせ》を重ねたが、立場上麗花を引き取ることはできなかったのだという。

父はそうしたことを語り、何度も謝った。もっと違う会い方であれば何かしらの感慨もあっただろうが、麗花には頭を下げる父が別な世界の住人にしか思えなかった。

何もかもが、自分と関わりのないところを通り過ぎていく、そんな感じだった。林英という名の父も、麗花とどう接していいものかわからないらしく、最初に顔を合わせて以来ほとんど会うこともなかった。

その屋敷で、村を襲った者たちが何者だったのか知った。

蒙古に恭順を誓う現政権に対し不満を持った軍の一部が叛乱《はんらん》を起こしたが、規模が小さくすぐに鎮圧された。村を襲ったのは、おそらくその残党だろう。李三からそうした話を聞かされたが、今となってはどうでもいいことだった。

祖父も母も、もうこの世にはいない。村も、消えてなくなった。

数日ぶりに、笛を袋から取り出した。母が好んで吹いていた曲。拍子の速い、明るい旋律の曲だ。

吹き口に唇をつけた瞬間、脳裏に母の死に様がまざまざと蘇ってきた。息が詰まるような感覚に襲われ、指が震え出す。

たまらず、笛から唇を離した。しばらく呼吸を整え、別の曲を試した。拍子の遅い曲ならば、なんとか吹くことができた。

それから半月ほどの後、林英の屋敷が囲まれた。

逆賊。売国奴《ばいこくど》。そんな言葉が方々から聞こえてくる。父は片手で麗花の手を引き、もう片方の手で剣を振るい、囲みを破った。わけもわからないまま再び李三の船に乗せられ、暗い海へ漕ぎ出した。

そして、十数日の船旅の末に追っ手に追いつかれ、船は嵐で沈んだ。最後に見た光景は、甲板《かんぱん》に転がる無数の死体だった。

悪い夢の中にいる。そうとしか、麗花には思えなかった。いっそ全てが夢であったなら。端舟《はしけ》に横たわって嵐の海を漂いながら、何度も思った。

目覚めた時、見知らぬ顔がふたつ、自分を覗き込んでいた。

それから、わけもわからないうちに新しい家族ができた。

ふたり目の父は、ほとんど家に寄り付かないが、たまに帰れば自分を溺愛《できあい》してくれる。実の父などより、よほど父親らしいと思えた。

はじめてできた兄は、世話好きで普段は気が弱いくせに、異国の少女を助けるために額を床にこすり付けたり、すぐに船酔いするくせに宋へ渡るなどと言い出したりと、いきなり頑固さや芯の強さを見せる。そして何より、優しかった。

ここでなら、高麗にいた頃のことも忘れられるかもしれない。そう思いはじめていた矢先、父と兄は自分の前から姿を消した。麗花も壱岐を離れ、博多へ移らざるを得なくなった。何か理不尽なものに押し流されている、そんな気がした。

それでも、壱岐で過ごしたほんの一年半の日々は、かけがえのないものとして胸の奥にしまってある。共に見た桜の花の匂いや、浜辺から見る夕陽の色まで、いつでも思い出すことができた。


そこまで話し終え、麗花は大きく息をついた。

高麗で起きたことは、謝国明や喜平次、二郎や宗三郎にも、話していない。ひとつひとつをじっくりと思い起こし、絞り出すような気持ちで麗花は語った。

那珂川《なかがわ》の西岸に建てられた、粗末な小屋だった。焼け跡から拾ってきたというところどころ黒く焦げた柱と板を組み合わせ、外に筵を巡らせてある。それでもよほど上手く造ってあるのか、それほど寒さは感じない。

周囲には似たような小屋がいくつか並び、桔梗の一座はそこで起居している。他にも、戦で住む家を無くした人々も小屋掛けしていた。少し歩けばすぐに河口で、潮の香りは冷たい風に乗ってここまで漂ってくる。

正面に座る桔梗はさすがに神妙な面持ちで、いつもの軽口は出てこない。舞台に立つ時とは違い、あちこちに継ぎの当てられた地味な小袖を着込み、化粧気もまるでない。それでも、どことなく色気のようなものを漂わせている。

麗花と桔梗の他にこの小屋にいるのは、明空《みょうくう》という三十絡みの僧侶だけだった。身に着けた法衣《ほうえ》はぼろぼろで髪も髭《ひげ》もずいぶんと伸びているが、芸全般に造詣が深く、桔梗の唄う今様の何曲かは、この明空が詞《ことば》を書き、節回しも手がけたのだという。

その明空は、麗花の話に瞑目《めいもく》し、無言のまま手を合わせている。

はじめて桔梗の一座を見てから、十日ほどが経っていた。あれから麗花は、暇さえあれば興行を見に出かけた。出し物は見るたびに違うので、飽きるということがない。

一座の芸は、田楽《でんがく》踊りというらしい。元々は田植えの時に豊作を祈願する神事だったが、桔梗たちはそれを芸能として出し物にしていた。桔梗と明空も入れて、女が六人、男が四人という、こぢんまりとした一座だ。

何度も通ううち麗花はいつの間にか常連客ということになり、興行が跳ねた後の酒宴に誘われるようにもなった。

はじめは戸惑ったものの、座衆たちはみんな陽気で明るく、すぐに打ち解けることができた。一度、せがまれて笛を吹くと、全員が喝采を送ってくれた。そして、麗花が博多随一の有徳人、謝国明の家の者だと知っても、その態度は何ら変わることがなかった。

「なるほど。だいたいわかったわ」

桔梗は顔を上げ、静かに言った。

一座に加わらないか。桔梗にそう誘われたのは、三日前のことだった。

正直、迷った。いつかまた、人前で笛を吹きたい。そんな漠然とした希望は確かにあったが、いざ現実になるとすぐには決断できなかった。

できることなら、あの頃のように喝采を浴びてみたい。だが、自分はもう、桔梗たちがやっているような明るい曲は吹けない。一座に加わったところで、足手まといになるのが落ちだ。

それに、国明と志乃もいる。ふたりとも、もうかなりの高齢だった。このところ志乃は、麗花が嫁ぐまではというのが口癖になっている。国明にも、ここまで何不自由なく育ててもらった恩義があった。

桔梗の一座は、もともと京周辺を回っていた。それが博多まで下ってきたのは、戦のために多く集まった武者たちを当て込んでのことだった。戦も終わった今、桔梗たちは近いうちに京へ戻るという。一座に加われば、国明と志乃には、二度と会えなくなるかもしれない。

やはり、一座には加われない。それが、三日間考えに考えて出した結論だった。

「けど、それならなおのこと、もういっぺん客の前で吹いてみたいと思わへんの？」

問われて、麗花は俯《うつむ》いた。

「このままやと、裕福な商人のお嬢ちゃんとして、一生送ることになるで。そのうちどこぞに嫁に行くなり婿を取るなりして、家から出ることもほとんどなくなるんやろうな。まあ、その日の飯にも事欠くような連中は山ほどおるから、それだけでも幸せかもしれへんけど、うちは我慢できへんやろなあ」

皮肉を言っているわけではない。それは、顔つきや口ぶりでわかる。桔梗のことだから、率直に思ったことを言っているだけなのだろう。

いずれ、国明あたりが見つけてきたどこかの誰かを夫として、子供を産んで育てる。その子が手がかからないようになったら、時々気晴らしに市に出かけて、踊りの興行や傀儡の芸などを見て拍手喝采を送る。時には、夫や子のために自分で笛を吹いたりするのかもしれない。

漠然とだが、自分はそんな人生を歩むのだろうと思っていた。それで満たされるのかどうかなど考えもせず、麗花はその未来を何となく受け入れていた。この国の女の生き方にそれほど多くの種類があるとも思えなかったし、とりあえず飢える心配がないだけでも、それはじゅうぶんに幸福なことだ。

「一度、捨ててみることです」

ぽつりと呟くように言ったのは、それまで黙っていた明空だった。

なぜか、胸を衝かれたような気分だった。驚いて、無精髭に覆われた顔を見る。

「今居る場所を、今手にしている物を、一切を捨ててこそ、見えてくるものがある」

明空は茫洋《ぼうよう》とした表情で言うと、それから「まあ、知り合いの念仏聖《ねんぶつひじり》の受け売りですが」と、人懐っこい笑みを浮かべた。

「念仏では、腹は満たされません。唱えたところで、刀や鎧のように身を護《まも》れるわけでも、富や名声が手に入るわけでもない。ですが、心を満たすことはできる」

「またはじまったで、明空はんの説教」

桔梗はげんなりした顔で言うが、麗花は何となく惹《ひ》かれるものを感じた。

高麗でも仏の教えは盛んだったが、麗花の村で信じる者はほとんどいなかった。恵みをもたらす山や大地、雨や風に、それぞれ神が宿っていると考えられていたのだ。

「念仏と歌舞音曲は、似ていると思いませんか？」

しばらく仏の教えについて語った後、明空はそんなことを言った。

「どちらも形には残らない。しかし、人の心を満たし、救うことはできる。それは、刀にも銭にもない力です」

そうかもしれないと、麗花は思った。戦が終わったばかりだというのに、桔梗たちの芸を見る人々の目には、満ち足りたものがあった。

「せやけど、受け売りでようそんだけ偉そうに喋れるなあ」

「いやいや、後のほうは私自身の考えですよ」

「ほな、そういうことにしといたるわ」

桔梗の屈託のない笑顔につられ、麗花も少し笑った。

やがて、表が何やら騒がしくなってきた。大人数が、何かを唱和しているらしい。鉦や太鼓も打ち鳴らされていた。

「おお、またはじまったな」

「ほんまやね。今日はえらい数が多いわ」

「あの、何です？」

「まあ、見たらわかるわ。行くで」

そう言って、ふたりは腰を上げる。

麗花もその後を追って小屋を出た。風は冷たいが、空は気持ちよく晴れ渡っている。

河原の少し先に、大きな人だかりができていた。

五十人ばかりの貧しい身なりの男女が、鉦や笛、びんざさらといった思い思いの楽器で囃《はや》し立てながら、飛び跳ね、手や腰を振り、着衣の乱れも気にせずに踊り狂っていた。

そして、全員が声をひとつにして南無阿弥陀仏《なむあみだぶつ》の名号《みようごう》を唱えている。

最近流行しているという、踊り念仏というやつだ。麗花も何度か目にしたことはあるが、これほど規模の大きいものははじめてだった。

激しい踊りに土埃が舞い上がり、元々薄汚れていた粗末な着物がさらに汚れていく。だが、誰もそんなことは気にしていないらしい。

南無阿弥陀仏の名号が、河原に木霊《こだま》していた。通りかかった百姓や商人、河原に住む非人たちも加わり、踊りの輪は見る見る膨れ上がっていく。

他の小屋から、桔梗の一座の者たちが楽器を携え、ぞろぞろと外に出てきた。

「ほな、行こうか」

「え、ちょっと待って……」

桔梗は麗花の手を取って強引に引っ張り、踊りの輪の中に飛び込んだ。明空や座衆たちも加わって、囃子の音はさらに大きく、高く響く。

はじめは勝手がわからなかったが、どうやら決まった型などはないらしい。ぴょんぴょんと跳びながら適当な念仏を唱えるうち、何となく気分が高揚してきた。ただでたらめに飛び跳ねているだけなのに、自分を縛りつけている色々なものが剝がれ落ちていく、そんな気になる。

桔梗の踊りは思わず見惚れてしまいそうになるほど見事なもので、周囲からは完全に浮き上がっていた。適当なようでいて背筋はしっかりと伸び、両腕の動きも流れるようにしなやかだ。扇子をかざしてその場でくるくると回り、両膝を曲げたかと思うと、信じられないくらい高く跳ぶ。あれだけ高く跳べたらどんな景色が見えるんだろうと、束の間考えた。

　踊りの人数は、さらに増え続けている。周囲を見渡せば、百や二百はいそうだった。もう、桔梗や明空がどこにいるのかもわからない。輪の中心には、数人の僧侶がいた。念仏聖というやつだろう。明空と似たり寄ったりなぼろぼろの法衣をまとっていて、他の者たちよりも一際熱心に念仏を唱えていた。

　近くで中年の男が打ち鳴らしている楽器が、よくよく見てみるとただの鍋だった。周囲には、その息子らしき男の子が数人、愉しげに箸《はし》で木の椀《わん》を叩いている。

　その光景に微笑みながら、麗花は飛び跳ねるのをやめた。

　腰に差した袋の口を解き、笛を取り出す。

　今ならきっと、人の心を浮き立たせるような旋律が吹ける。そんな気がした。

　大きく息を吸い込み、笛を構えた。母がよく吹いていたあの曲。頭の中で、反芻《はんすう》する。

　指先がかすかに震えたが、目を閉じてなんとか堪《こら》えた。息が詰まるようなあの感じは、もうない。

　周囲で打ち鳴らされる鉦や太鼓に耳を傾け、爪先でとんとんと拍子を取る。

　目を開いた。魂ごと吐き出すぐらいの気持ちで、息を吹き込む。

　甲高い、悲鳴のような音色。子供たちが椀を打つ手を止めて、呆気に取られたような顔で見上げてくる。

この数年、まるで吹けなかったのが嘘《うそ》のようだった。指は、自分でも驚くほどしっかりと動く。幼い頃から何百回、何千回と稽古してきた曲なのだ。次にどう吹けばいいか考えるまでもなく、指が勝手に動く、そんな感じだった。

周りはもう、目に入らなくなっていた。全身全霊を吹き口から注ぎ込み、指を動かす。それだけで、念仏を唱えて飛び跳ねるよりもずっと愉しい。笛を吹いてこんな気持ちになったのはいったいいつ以来だろうと、頭の片隅で思った。

一曲吹き終え、笛から唇を離した。一瞬、軽い眩暈のようなものに襲われたが、それでも悪い気分ではなかった。

気づくと、麗花の周りだけ踊りがやんでいた。

「なんや、ちゃんと吹けるやないか」

いつの間にか桔梗が近くに来ていて、笑顔を浮かべた。例の子供たちが「姉ちゃん、凄か」と目を輝かせ、手をぱちぱちと叩いた。

「ありがとう」

照れ臭い気持ちを抑えて言い、お辞儀をした。

「ほな、もうひと踊りしよか」

桔梗の声に、大きく頷きを返した。

四

戦からひと月が過ぎ、町の再建はだいぶ進んでいた。国明の屋敷も、邸内の装飾やあの華麗で見上げるほど大きな門、庭の亭《ちん》などはまだ手付かずだったが、母屋《おもや》と使用人たちの長屋はすでに完成している。

博多へ戻ったあの日から、お春と顔を合わせることはほとんどなくなっていた。顔を合わせても、話をすることはまったくない。お春の姿を見かけるたびに胸が痛んだが、声をかけることもできなかった。他にも何人か、麗花と目を合わせようともしない使用人はいる。

それが嫌でこのところ、家に帰るのが少し憂鬱《ゆううつ》になっていた。一座に加わるという話は、あの踊り念仏の後、もう一度じっくり考えさせてほしいと頼んで保留にしてもらった。

一座は、年が明ける前に京へ戻ることになっていた。桔梗が言うには、蒙古を打ち払ったおかげで都の公家衆《くげしゆう》は浮かれている。大盤振舞いのおこぼれにあずかる絶好の機会だということらしい。

「がっぽり儲《もう》けるでぇ」

舌なめずりでもしそうな顔で言って、桔梗はぎらぎらと目を輝かせていた。

博多を発《た》つ時までに答えを出せばいい。そう言われているのをいいことに、麗花は毎日のように桔梗のところに通っている。

稽古を見て一座の芸を勉強したり、明空の話を聞いたりしているうちに、あっという間に日が暮れてしまう。一座はそのくらい、居心地のいい場所になっていた。

「今日は、ちょっと違う稽古をしよか」

そう言った桔梗に、河原へ連れ出された。

まだ正午を過ぎたばかりで、晴れてはいるものの、師走を迎えた風は冷たい。

「旅回りの一座には、荒事がつきものや。銭の支払いで勧進元《かんじんもと》と揉《も》めたり、他の一座と場所の取り合いになったり、酔っ払った客が舞台に飛び込んでくることもある。芸人たるもの、自分の身は自分で護らなあかん。わかるな?」

「はあ」

曖昧《あいまい》に答えながら、はじめて会った時、桔梗が大の男を軽くあしらっていたのを思い出した。

「うちがあんたくらいの頃には、刀だの薙刀《なぎなた》だの持った侍を十人ばかりのしたったこともあったわ。まあ、昔の話やけど」

実に胡散臭《うさんくさ》い話だが、この人ならありそうな気がする。どうしてそんなことになったのかは、怖いので訊《き》かなかった。

「ほな、今から身の護り方っちゅうのを教えたる。これからは師匠と呼ぶように」

「はい、師匠」

堤に腰を下ろした明空や他の座衆たちが、にやにや笑いを浮かべてこっちを見ていた。気にせず、桔梗に向き合う。

「女が力で男に勝とうっちゅうのは土台無理な話や。せやから、確実に一撃で相手を倒さなあかん。それには、ここ」

桔梗は掌《てのひら》を上に向け、親指の付け根のあたり、手首に近い部分を指した。

「ここで、相手の鼻か顎《あご》を打ち抜く。上手く当たったら、相手は白目剝《む》いて泡吹きながら卒倒や」

「あの、師匠、身を護る手段だけでいいんですけど。白目とかはちょっと……」

「アホ！　芸でも何でも、世の中にはやる側とやられる側のどっちかしかおれへんのや。白目剝かせてでもやる側に回らな、生きていかれへん。甘っちょろいこと言うてたら、あっという間にやられてまうで」

何を言っているのかいまいちよくわからないが、語気に圧《お》されて頷いた。

「まあ、握り拳《こぶし》でもええんやけど、あんたは笛吹きや。骨でも折られたらかなわんからな」

そんなことを言いながら、桔梗が構えを取る。

右半身を半歩後ろに引き、わずかに背中を曲げる。両脇をきっちりと締め、手は顔の左右に。桔梗の顔から笑みが消え、周囲の空気が張り詰めたような気がした。

その直後、桔梗が動いた。左足を一歩踏み出し、右腕をやや斜め上に突き上げながら、肩を捻り込む。びゅっ、という音が耳朶を打った。

「だいたいこんなもんや。やってみ」

何でもないことのように言って、ほれほれと促す。

見よう見真似で構えを取り、深く息を吸い込んだ。ぐっと奥歯を嚙《か》み締め、全身に力を籠めた。右肩を少しだけ後ろに引き、勢いをつけて掌を前に突き出す。

ひどいものだった。勢い余って体がよろけ、前につんのめりそうになった。風を切る音など聞こえるはずもなく、へなへなとした情けない突きになってしまった。

「まあ、はじめはそんなもんやろ」

力を抜いて、体の芯だけはぶれないように。踏み込みを強く、鋭く。目標まで一直線に突き上げ、最後に手首を返す。そうした注意を受けながら、素振りを繰り返す。

「まだ遠慮があるなあ。嫌いな奴《やつ》の顔を思い浮かべてみ。そいつの鼻っ面に、掌をぶち込むところを想像するんや」

そんな物騒な助言も飛んでくる。ひたすら突きを繰り返すうちに、体がぽかぽかと温まってきた。腕を突き出すたびに、汗の雫《しずく》が飛び散る。

「ええか。掌での突きは、拳よりも届く距離が短い。自分で思うよりももっと前に、足を踏み出さなあかん。実際に相手を前にしたら怖いかもわからんけど、そうせな、突きは届かへんで」

もっと前に踏み出せ。その言葉がやけに耳に残った。前へ。もっと前へ。そう念じながら、腕を伸ばす。

やがて、両肩がずっしりと重くなってきた。地面に強く引っ張られているみたいに、気を抜くとだらりと下ろしてしまいそうだ。

「よし。今日はここまで」

桔梗の声に、麗花はその場に尻餅をついた。

体はへとへとだったけれど、どこかすっきりとしたような気分だった。

「とりあえず、一日百回、繰り返すこと。ええな。これで瓦《かわら》の一枚も割れるようになったら一人前や」

とてもそんなことができるようになるとは思えなかったが、いちおう、「はい、師匠」と返事をした。

その日から、突きの稽古という嫁入り前の娘らしからぬ日課ができた。志乃が知ったら悲しむかもしれないと思ったけれど、徐々に突きが様になっていくのは何となく嬉しい。

十日ほど稽古していると、薄い板くらいなら割れるようになった。河原で桔梗たちに披露すると、みんなの拍手喝采を浴び、自分がとてつもなく強くなったような気がした。

誰かに見られている。そう感じたのは、河原から屋敷に向かう途中のことだった。

風はないが、かなり冷え込んでいた。空には雲が厚く垂れ込めていて、今にも雪が降り出しそうだ。日は落ちかけていて、通りには薄闇が下りはじめている。

あと三町（約三三〇メートル）ほどで櫛田神社だ。屋敷はそのすぐ近くにある。

誰か知り合いがいるのかもしれない。そう思い、足を止めて振り返るが、それらしい相手はいない。

気のせいか。そう思って再び歩き出し、通りを左に曲がった時だった。いきなり、目の前に三人の男が現れた。驚いて顔を上げる。三人とも粗末な着物で、烏帽子もつけていない。どう見てもまっとうな生業についているようには思えず、麗花は顔を伏せた。横にずれて道を譲ろうとすると、ひとりが「おい」と低く言った。顔の下半分に髭を蓄えた大柄な男だ。同時に、もうひとりが素早く距離を詰めてきた。狐《きつね》に似た痩せぎすの男で、息がかかりそうなほど顔を近づけて、囁《ささや》くように言う。

「痛い目に遭いたくなかったら、大人しくしな」

臍《へそ》のあたりに、何か鋭利なものが触れた。短刀。重ね着した小袖を通しても、それははっきりわかる。状況を理解した瞬間、全身が固まった。後ろへ回り込んだ。背中にも、残るひとり、皺だらけで猿みたいな顔をした小男が、後ろへ回り込んだ。背中にも、短刀らしきものが突きつけられた。

「おい。こいつで本当に間違いないだろうな」

髭面が、狐顔の男に尋ねる。

「へえ、間違いありません。こいつが謝国明の娘ですよ」

予期せず出てきた国明の名に混乱していると、後ろの男が言った。

「声を出さずに、そのまま歩け。おかしな真似したら、ぶすりといくぜ」

その声音は興奮を抑えきれないといった調子で、息遣いも荒い。背筋がぞくりとした。声を出そうにも、半開きになったまま小刻みに震えるだけの口は、まるで役に立ってくれそうにない。

髭面が左側、狐顔が右側にぴったりとつく。そこではじめて、髭面が腰に太刀を佩いていることに気づいた。下手《へた》に逃げようとすれば、後ろから一太刀だろう。

その場にへたり込みそうになるのをなんとか堪えて、言われるままに足を動かす。いくつもの角を曲がり、御笠川《みかさがわ》も越えた。ここまでくると、人家もまばらになる。きっと、自分を人質にして、国明に銭を要求するつもりなのだろう。ほとんど働かない頭で考えた。

だとすると、このまま大人しくしていれば、殺されることはなさそうだ。そう思い至った時、後ろの男が耳元で囁いた。

「ねぐらについたら、たっぷり可愛《かわい》がってやるからな」

耳にねっとりとした息がかかって、全身に虫酸《むしず》が走った。

こんな猿みたいな男に可愛がられるくらいなら、死んだほうがましだ。いや、やっぱり死にたくない。

芸人たるもの、自分の身は自分で護れ。桔梗の言葉が脳裏に蘇った。国明のことだから、銭を要求されれば、それがどれだけの額であっても応じるだろう。だがこれ以上、国明に面倒はかけられない。ここはなんとしても、自分の力で切り抜けなければ。

落ち着け。自分に言い聞かせて、この数日で桔梗から習った護身術を反芻した。手首を取って、逆に曲げる。急所を蹴り上げる。相手の目に、指を突っ込む。

教わったのはどれも物騒なものばかりだったが、今の状況で使えるものはひとつもなかった。

相手は三人。しかも、刃物まで持っている。隙をついて逃げようにも、左右と後ろにぴったりと張りつかれているし、男三人と追いかけっこをして勝つ自信もない。こんなことなら、速く走る方法も聞いておけばよかった。

とにかく、今は様子を見よう。いつか隙が生まれるかもしれない。そう考えて黙って歩いていると、髭面が「止まれ」と命じた。

目の前に建つのは、小さな寺だった。ここが連中のねぐらなのだろう。山門も境内も荒れ果てていて、人がいる気配はない。境内の隅で揺れる柳の枝が不気味で、思わず身震いした。

ほとんど朽ちかけた山門をくぐった。草の生い茂る境内を通り、本堂の手前まで来た。埃っぽい澱んだ空気がここまで漂ってくる。中は真っ暗で、他に仲間がいるわけではなさそうだった。

とはいえ、建物に閉じ込められたらもう逃げる機会はない。わかってはいたが、逃げる隙などどこにもなかった。

「ほら、さっさと歩け」

猿男が苛立った声で言って、背中を小突く。もの凄く腹が立った。思わず振り返って猿男を睨みつけると、隣の狐顔が右腕を強く摑んだ。

狐顔が眉間《みけん》に皺を寄せ、何か言おうとした刹那《せつな》だった。麗花の耳にがつん、という鈍い音が響き、その直後、猿男の瞳がぐるんと上に動いて白目を剝いた。一瞬で魂が抜け落ちたように膝を折り、前のめりに崩れていく。その一連の動きが、麗花の目にはやけにゆっくりとしたものに見えた。

何が起きたのかまるで理解できない。他のふたりもそうなのか、呆気に取られたような顔で、倒れた猿男を見下ろしている。

麗花は足元に、ひとつの石ころが転がっているのに気づいた。拳大よりは、少し小さい。どうやら、この石が猿男の頭を直撃したらしい。

こんなものが、勝手に飛んでくるわけがない。ということは、誰かいる。

一筋の光明に、麗花は顔を上げた。残るふたりはまだ、状況が摑めていないらしい。隙が生まれた。何だかわからないけれど、とにかくそれだけは確かだった。

やらなければ、やられる。胸の内で唱えて、怯みかける己を叱咤《しった》した。右腕を強く振り、狐顔の手を振り解く。こちらに向き直った狐顔が、ぎょっとして顔を歪めた。麗花は両膝を軽く曲げ、左足を踏み込む。前に、強く。

続けて、上に飛び上がるように、一気に膝を伸ばす。同時に、開いた右掌を狐顔の顎に向けて突き上げた。体の芯はぶれないように。目標へ向けて、一直線に。

顎を狙ったはずの突きは、狐顔の鼻に当たった。それでも、ぐしゃっ、という嫌な手応えが伝わってくる。んぎゃっ、という短い悲鳴とともに狐顔が仰け反り、たたらを踏む。

どのくらい効いたのかも確かめずに腕を引き、踵を返した。全身の力を足の親指に集めるくらいの気持ちで、強く地面を蹴る。

「おのれっ！」

髭面の叫び声とともに、鞘鳴《さやな》りの音が聞こえた。だが、太刀を振り下ろす音は聞こえない。麗花は三間ほど先、山門のあたりにひとつの人影があることに気づいた。

「隠れていろ」

男の声だった。低く、感情の籠らない冷たい声。それでも敵ではないと直感して、影の脇を駆け抜けて山門の門扉の後ろに隠れた。

男は、烏帽子はかぶらず、髪は後ろで無造作に束ねているだけだ。着ているのは、小袖に山袴。腰に太刀こそ佩いているが、武士には見えない。

「痛い目に遭いたくなかったら、さっさと失《う》せろ」

男が太刀に手をかけるでもなく、いたって自然な口調で言った。

どこかで聞いたことのある声だと、麗花は思った。それがどこか思い出す前に、狐顔が喚いた。

「失せるのはてめえだ。その娘を置いて、さっさと消えな」

男は仕方ないな、といった感じで軽く息を吐いた。ひょっとしたら、口元に笑みでも浮かべているのかもしれない。

狐顔が、いきなり駆け出した。短刀を腰のあたりに構え、一直線に突っ込んでくる。

だが、男まであと一間ほどに迫ったところで、不意にその足が止まった。腹のあたりを押さえ、狐顔が体をくの字に曲げる。その直前に男の右腕がぶん、と振られるのを麗花は見ていた。おそらくまた、礫《つぶて》を打ったのだろう。

男が踏み出し、狐顔の懐に飛び込んだ。右腕を曲げて溜めを作った後、凄《すさ》まじい速さで掌を突き出す。狐顔の頭は弾《はじ》かれたように跳ね上がり、そのまま後ろへ倒れていった。麗花の突きなどとは、桁違《けたちが》いの威力だった。

男が振り返り、こうやるんだと言わんばかりにこちらを見た。暗くて顔は見えないが、笑っているのかもしれない。

髭面の舌打ちが聞こえた。

「さあ、どうする？」

相変わらず太刀も抜かず、男が尋ねた。髭面は答えず、太刀を振り上げて地面を蹴る。斬られる。そう思って顔を背けかけた時、いきなり髭面の体がふわりと宙に浮き上がった。

宙を舞った髭面が地面に叩きつけられたところでようやく、男が投げを打ったのだと理解できた。男は投げ飛ばした勢いのまま、さらに肘《ひじ》を顔面に打ち下ろす。びくん、と髭面の体が震えた。一片の情けも感じられない、徹底したやり方だった。

立ち上がった男が、こちらへ歩いてきた。束の間男が身にまとっていた酷薄とも言える雰囲気は、もう消えている。

礼を言おうと、はじめて男の顔をちゃんと見た。

その途端、心の臓が大きく跳ね上がった。

男は、左目に黒の丸い眼帯をしていた。その上下から、刃物で切られたような傷が覗いている。顎と右の頰にも、刀傷の痕がはっきりと残っていた。だが、驚いたのは、傷のせいではない。

様々な感情が一気に押し寄せてくる。何か言わなきゃと思ったが、意思に反して言葉が上手く出てこない。

男のほうが、先に口を開いた。

「なんだ、今頃気づいたのか」

呆《あき》れたというふうに、小さく首を振った。

「それにしても、さっきの突き、なかなかよかったぞ。どこで覚えたんだ?」

そう言って浮かべた微笑に、今まで胸の中を一杯にしていた不安とか恐怖とか心細さとかが、いっぺんに吹き飛んだ。代わりに涙が込み上げてきたけれど、それもなんとか堪えた。

「生きとったんやね、宗三郎さん」

辛《かろ》うじてそれだけ言う。返ってきたのは苦笑いだった。

「勝手に殺すなよ」

五

闇の向こうから、御笠川のせせらぎが聞こえてくる。

静かな夜だった。他に聞こえるのは、ふたりの足音だけだ。

闇の中、ところどころ灯《あか》りが点《とも》っているのは、河原者たちの熾《おこ》した焚き火だろう。冷え込みの厳しい河原の夜は、火に当たって体を温めなければ眠ることもできない。

「たぶん、この前の戦に加わるために、坂東あたりから下ってきたんだろうな。だが、戦を前に逃亡するなり主人が討死にするなりで、結果食い詰めることになった。それで、博多一の金持ちの娘をかどわかすことを思いついた。そんなところだろう」

川沿いの道を歩きながら、宗三郎が言う。確かに、あの三人の話す言葉には、聞き慣れない訛りがあった。

「おまえもいちおう女だからな。日が落ちてから出歩くのはやめたほうがいい」

いちおうとは何だと思ったが、黙って頷いた。

「けど、もうちょっと早く助けてくれたらよかったのに」

「そう言うな。町で声をかけようとした時に、いきなりおまえがあの三人に囲まれたんだ。何が起きたのか状況を摑まないうちは、下手に手は出せないだろう。他に仲間がいるかもしれないしな」

やはり、あの時視線を感じたのは間違いじゃなかったと、麗花は思った。

「まあ、俺が偶然あそこで見かけたことをありがたく思えよ」

そう恩着せがましく言って、薄く笑う。

こうして並んで歩きながら話してはいるが、麗花はかすかな違和感を覚えていた。話すことや口ぶりは何も変わっていないのに、どこか隔たりのようなものを感じる。

最後に会ったのは、ほんの三月《みつき》ばかり前のことだった。だが、その時の宗三郎とは、どこか違っている。体のあちこちに見える傷や片目を失ったことを別にしても、発する雰囲気のようなものが違う。

「どうした、元気がないな。そんなに恐ろしかったのか？」

小さく首を振った。

「壱岐は……どうなったと？」

ずっと気になっていたことを、口にする。すると、堰《せき》を切ったように言葉が溢れて、自分でも止められなくなってしまった。

「風本の湊は、町のみんなは？　宗三郎さんは、今までどこで何ばしとったと？　なしてすぐに会いにきてくれんかったと？　もう死んでしまいよったんかもしれんって、どんだけ心配したか、わかっとると？」

責めるように言う麗花を、宗三郎は右の目をすっと細めて真っ直ぐに見ていた。

壱岐でどんな惨劇が繰り広げられたのかは噂では聞いていたし、宗三郎のこの傷だらけの顔を見れば、大体想像がつく。それでも、自分の耳で聞いておきたかった。

「座るか。歩きながら話すには、少し重過ぎる」

束の間の、息苦しいような沈黙の後、足を止めて宗三郎が言った。頷くと、河原と反対側に広がる林の中に分け入っていく。

「ちょっと、どこ行くと？」

「落ち葉と枯れ枝を集めろ。焚き火でもしないと、凍え死ぬぞ」

振り返りもせずに言うので、足元に気をつけながらその背中を追った。

宗三郎が手際よく熾した火に当たりながら、話を聞いた。焚き火はぱちぱちと乾いた音を立てながら、宗三郎の横顔を赤く照らしている。

壱岐が蒙《こうむ》った戦禍は、噂や麗花の想像などまったく及びもつかないほど、凄惨なものだった。あまりに現実離れしていて、本当はどこか別の、ここととは違う世界で起きた話なんだと思いたかった。

蒙古軍が天ヶ原に上陸したところからはじまり、幾度か交えた戦、嘘のように呆気なく死んでいった朋輩《ほうばい》たち。最期まで誇りを失わず、毅然《きぜん》とした態度で自裁した、主君の娘。それらを、宗三郎は淡々と、ほとんど表情を変えないままに語った。

「生き残ったのはたぶん、百人いるかいないか、というところだろうな」

炎を見つめながら、遠い過去の出来事を話すように語る。だが、それはほんのふた月くらい前のことでしかない。

寧子という、宗三郎の主君の娘とは、以前会っていた。その時は知らなかったが、前に国明の屋敷に来ていたあの娘だ。気は強そうだったけれど、よく整ったきれいな顔立ちをしていた。

彼女はもう、この世にはいない。あの頑固そうだった宗三郎の養父も、お春の娘夫婦と孫も、よく一緒に遊んだ近所の子供たちも、たぶん。

どこか遠いところで行われているようにしか感じられなかった戦が、いきなり目の前に迫ってきた。そんな感じだった。

「なんとか海に出て、ぼろぼろの漁師舟を見つけた。必死の思いで櫓《ろ》を漕いで博多に着いて、鎮西奉行に報告した。すると、何と声をかけられたと思う？『やはり、そうなったか』だ。壱岐が全滅するだろうと予想していながら、奴らは何の手立ても講じなかった。壱岐は、見捨てられたんだ。下がって休めと言われたが、俺はすぐに館を飛び出した。もう、こんな連中は当てにしない。俺はひとりで戦う、そう決めて。それからずいぶんと暴れたんだが、結局はこのざまだ」

自嘲《じちよう》するような笑みを浮かべ、左目を指差す。

「あれは、赤坂《あかさか》あたりだったな。全身傷だらけになって倒れていた俺を、肥前《ひぜん》のある豪族が拾ってくれた。何でも、俺の戦ぶりが気に入ったんだそうだ。今は、その豪族のところで厄介になっている。それで、傷もだいぶ癒えたんでおまえに会いにきたら、こんなことになったというわけだ」

しばらく、口を開くこともできなかった。麗花はただ黙って、小さくなった炎を見つめた。

「それで、おまえのほうはどうなんだ?」

少し躊躇《ちゆうちよ》してから、麗花は極力明るい声で近況を話した。できるだけ、面白おかしくなるように工夫しながら。

宗三郎は、微笑を浮かべながら話を聞いていたが、その目はどこか、ここではない場所を見ているように思えた。

「そうか。田楽踊りの一座になあ」

「やけど、まだ迷っとる」

「なぜ。人前で笛を吹きたかったんじゃないのか?」

「うん……」

「だったら、迷うことはないだろう。おまえの人生だ、誰に遠慮することもない」

「簡単に言いようけど」

「決めるのはおまえだ。俺は知ったことじゃない」

面倒臭そうに言って、小さくなった焚き火の炎を枝で掻き回す。

しばらくの間、川のせせらぎと炎の爆《は》ぜる音だけが聞こえていた。

「あいつだったら」

ぽつりと、宗三郎が呟く。

「あいつだったら、迷わずに飛び出していくだろうな。実際、おまえをほっぽり出して船に乗った挙句、嵐に遭って行方知れずだ」

誰の話か、聞くまでもなかった。

「それでも、恨んだり怒ったりはしていないだろう?」

麗花は頷きながら答えた。

「あれで頑固やけん、止めても聞かんたい」

「きっとあいつは、色々なことを諦《あきら》めて、我慢しながら生きていくおまえは見たくないと思うぞ」

そうだ。商人の息子のくせに絵師になりたいなんて言い出して、すぐ船酔いするのに宋まで渡ろうとする無謀さを、自分も少しは見習うべきかもしれない。

「そろそろ行くか」

宗三郎は腰を上げて、消えかけた炎を踏み消した。

屋敷に泊まっていけばいいと誘ったが、息浜のあたりで宿を取ってあるらしく、断られた。

再び川沿いの道を歩いた。互いに無言で、その沈黙の重みに堪えきれず先に口を開いた。

「宗三郎さんも、武士なんかやめて、国明様のところで働いたらよかよ。刀なんか振り回しても、誰も幸せにはならんたい」

軽い調子で言うと宗三郎は、「あいつが言いそうな言葉だな」と少し笑った。

「ああ、確かに」

「それもいいかもしれんが、戦はまだ終わったわけじゃない。蒙古は、必ずまた攻めてくる。だから、まだ刀は捨てるわけにはいかないな」

「戦は、いつまで続くと？」

「さあな。来年か再来年か。あるいは五年、十年かもしれん」

「やけど、宗三郎さんが戦わんでも」

「誰かが戦ってくれるか？　蒙古が攻めてきても、九州の武者が戦ってくれる。鎌倉の連中はそう思っているだろうな。そして、壱岐は皆殺しに遭った」

麗花は俯き、黙り込んだ。そのままほとんど喋らずに歩くうちに、屋敷の前についていた。

「博多には、いつまでおると？」

「明日の朝には発つ。これでも、いろいろと忙しい身でな。やらなきゃならないことがたくさんあるんだ」

それが何かは訊かなかった。宗三郎の右の目が暗く光ったような気がして、少し怖くなったからだ。

麗花が体を硬くしたことに気づいたのか、宗三郎は笑みを作って言った。

「とにかくおまえは、自分の好きな場所で、好きなように生きろ。二郎も俺も、それを望んでいる」

じゃあな、と宗三郎は踵を返した。またな、とは言わなかったことに少し不吉なものを感じたが、すぐに頭から振り払った。

屋敷に入る前に、麗花は顔を上げた。隠れていた月がいつの間にか顔を出している。その周りでは、星もいくつか瞬いていた。

明日、国明と志乃に、桔梗の一座の話をしよう。そして、一座に加わりたいと、はっきり伝えよう。凛とした光を放つ月を見上げながら、そう決めた。

第四章　異郷

一

「ほう、これは」

なかなか面白い。そう続けそうになって、本暁房霊杲《ほんぎょうぼうれいこう》は口を噤《つぐ》んだ。

杭州臨安府でも屈指の大商人の屋敷だけあって、塀は高く、建物も立派な造りだった。だが、白く塗られたその塀は、炭で描かれたと思《おぼ》しき落書きで汚されている。濡《ぬ》らした布を手にした使用人たちが拭き消そうとはしているが、絵は一丈（約三メートル）近くにわたって描かれている。

霊杲は笑いを嚙《か》み殺し、その落書きを眺めた。猿が高々と積み上げられた米俵の上に乗って、下卑《げび》た笑いを浮かべている。その周囲を無数の人間が取り囲んでいる。いずれも貧しい身なりで、瘦せこけている。人々は恵みを乞うように手を伸ばすが、猿の手下らしき数匹の虎が、歯を剝《む》き出して群衆を威嚇《いかく》している。

悲惨な光景ではあるが、猿も虎も人も、どこか滑稽《こっけい》な調子で描かれているので、思わず笑いが込み上げてくる。行き交う人々も、口元を隠して笑いを堪《こら》えていた。中には露骨に指をさして大声で笑う者までいる。

「ひどいものでしょう」

眉をひそめ、憤りを滲《にじ》ませた声で言ったのは、隣に立つ葉大全《ようたいぜん》という商人だ。壁に描かれた猿と見比べると、なかなかよく似ている。再び込み上げてきた笑いを抑え、「そうですな」と相槌《あいづち》を打つ。

葉大全は、米を主に扱う商人だった。このところ、米は蒙古との戦が迫る中で軍が買い上げるために値が上がり、庶民の暮らしを圧迫しはじめていた。大全はさらに売り惜しみをして、庶民の恨みを買っている。

「消しても消しても、すぐに新しい落書きをされる。私だけじゃない。他の米商人や、役人の屋敷にも同じような被害に遭った者は多い」

その話は、霊杲も聞いていた。というより、臨安府ではひそかな話題になっている。落書きされるのは、阿漕《あこぎ》な商売をする商人や評判の悪い役人の屋敷ばかりで、民衆は内心で快哉《かいさい》を叫んでいる。それほど、この国の役人や、それと結びついた一部の大商人たちの腐敗はひどい。

「この落書き魔を、私に捕らえろと？」

「以前、落書きの現場を用心棒が見つけ、槍《やり》を手に追いかけたことがあるのですが」

「ほう。それで？」

「武術の心得でもあるのか、繰り出す槍はことごとくかわされ、まんまと逃げられてしまったのですよ」

この家の用心棒の槍術《そうじゅつ》は、霊杲の目から見てもなかなかのものだった。

「これはもう、霊杲殿におすがりするしかないと思いまして。いかがなものでしょうか？」

大全が、窺《うかが》うような視線をよこしてきた。礼金は弾むと、目で語っている。

「わかりました。では、さっそく今夜から見回りをはじめましょう」

そう答えると、大全は大げさに礼を言って、屋敷に戻っていった。

改めて、壁の落書きを見つめた。もう半分近くが消されている。それでも、描いた者の技量はよくわかった。しかも、この大きさの落書きをひと晩で描き上げたというからには、相当な腕の持ち主なのだろう。

日はまだ高い。霊杲はいつものように、街をぶらつきはじめた。七月も終わりにさしかかり、暑さもずいぶんと和《やわ》らいできている。このあたりは、日本と同じように四季がはっきりしていて、北の蒙古領よりもはるかに暮らしやすい。

葉大全の屋敷で世話になっている、食客といった立場だった。大全が街で追《お》い剝《は》ぎに襲われそうになっているところを助けたのが縁だ。追い剝ぎは三人組で、大全の供の者は呆気《あっけ》なく棒で打ち倒された。霊杲はそこに通りかかった。ふたりを拳《こぶし》で突き倒し、ひとりは投げ飛ばすと、大全は泣きながら礼を言い、屋敷に好きなだけ逗留《とうりゅう》してくれと言った。それが、十日ばかり前のことだ。

実のところ、街のごろつきに銭を渡して大全を襲わせたのは、霊杲自身だった。街の好きなところを見て回るのに、有力な商人の食客という立場は役に立つ。

臨安に足を踏み入れておよそ半月、霊杲はほぼ毎日外を歩き回っているが、城内の様子はいまだ把握しきれない。それほど、巨大な街だった。

この街には、城壁の内と外を合わせて百五十万を超える人々が暮らしているという。四方を山と海に閉ざされた鎌倉は言うに及ばず、京の都でも、住人は十万に達しない。ただの誇張だろうと思っていたが、町屋で庇《ひさし》を接するように建ち並ぶ二階建て、三階建ての家々や、通りに溢《あふ》れる人の群れを実際目《ま》の当たりにすれば、信じざるを得ない。

人の種類も様々で、青い目や金色の髪を持つ者までが、いたって普通に街を歩いている。湊《みなと》には無数の船がひっきりなしに出入りし、通りからは灯《あか》りが消えることがない。日本では考えられないような光景が、この街ではいたってありふれたものとして存在している。

その巨大な街が、今は元軍の足音に震え上がっていた。往来を行き交う人々の表情はどこか暗く、武装した兵士の姿が嫌でも目につく。

元の大軍が、ひたひたと迫ってきていた。その総兵力は、三十万とも五十万とも言われている。総大将はバヤン。皇帝フビライの信頼厚い名将だ。元軍は「不殺」を掲げてはいるが、宋の民にとっては蒙古など北の蛮族という意識しかない。不安と恐怖におののくのは致し方のないことだった。

夕刻、大全の屋敷に戻った。表の店には、米を売れという庶民が押しかけている。いつものことで、霊杲は裏から屋敷に入った。女中が運んできた食事を平らげ、少し横になる。酒は口にしなかった。出家の身だからではなく、大全に頼まれた見回りをしなければならないからだ。面倒な仕事だが、あの落書きを描いた者には会ってみたいという気もする。

今年で、三十二になった。出家し、剃髪《ていはつ》してからもう十五年になるが、俗気はまるで抜けていない。面白そうなことがあれば、進んで首を突っ込みたくなる性分だった。

見回りをはじめて最初の数日間は、何事もなく過ぎた。その間にも、他の屋敷では落書きの被害が出ていた。訴えを受けた役所が下手人探しに乗り出したという話も聞こえてきている。

月のない夜だった。五尺（約一五〇センチメートル）の棒を手に、いつものように門をぐって外に出ると、不穏な気配を感じた。足音を殺し、顔だけを覗《のぞ》かせて角を曲がった闇の向こうに目を凝らす。

五間（約九メートル）ほど先に、ふたつの影があった。大全が言うには、落書き魔はふたり組だったらしい。慎重に様子を窺う。

ひとりは小柄で、小さな灯りで壁を照らしている。もうひとりはしゃがみ込み、壁に向かって何かしていた。ふたりとも、布で面体《めんてい》を隠している。

間違いなく、落書きの下手人だった。描いているほうの男は、背中に剣を括《くく》りつけている。

気配を殺し、身を低くして角を曲がる。地面を蹴り、五間を一気に駆けた。絵を描いていた男がこちらを見て、慌てて立ち上がる。中背よりはやや高いが、痩せている。避ける間を与えず、脇腹を狙って棒を振るう。

次の刹那《せつな》、男が後ろに跳び、棒は空を切った。ほぼ同時に、黒くて小さい何かが顔目がけて飛んでくる。棒で受けると、それは砕けて落ちた。おそらく、落書きに使っていた木炭か何かだろう。

打ち込みをかわされるなど、何年ぶりのことだろう。一瞬考え、目の前の男を見据えた。顔は暗くてよく見えないが、それほど慌ててはいないようだ。しかも、霊杲の放つ気に真っ向から向き合うことなく、上手《うま》く受け流している。

「兄貴!」

もうひとりが叫んだ。思ったよりも、若い声だ。灯りはもう吹き消されていて、こちらの顔もよく見えない。

「逃げろ!」

男の声も、やはり若い。それを受け、もうひとりが背を向けた。そのまま闇の中に駆け去っていく。霊杲は後に続こうとした男の足を薙《な》いだ。が、男は軽やかに跳躍し、それをかわす。自分の肌が粟立《あわ》っているのを、霊杲は感じた。

今度は手加減抜きで、腹を狙って突きを放つ。これも半身を引いて紙一重のところで避けた。男はもう一度後ろに跳んで、間合いを取る。

睨《にら》み合ううちに、雲間に隠れていた月が顔を出してきた。

目を細め、男の得物を見る。剣ではなく、日本刀だった。この国にも数多く輸入されていて、それほど珍しいものではない。

いきなり、男の手が素早く動いた。腰に下げていた袋を投げつけてくる。棒で袋を叩《たた》き落とすと、目の前で袋の中身が飛び散った。何かの粉。顔料か。咳《せ》き込みながら、思った。男はその間に身を翻《ひるがえ》し、走り去っていった。

男が、駆けながらこちらを振り返った。束《つか》の間《ま》霊杲を見つめ、それから、男の背中は闇に消えていった。追おうという気持ちは、すでに失《う》せている。

最後の突きは、本気で放ったものだったが、男はそれをあっさりとかわした。しかし、霊杲は不思議と屈辱を感じなかった。

数日間、街を歩き回って聞き込みをした。とはいえ、わかっていることは少なすぎる。日本刀を持つ、絵の上手い若い男。それだけの手がかりで見つけ出せるはずもなかった。たとえ会えたとしても、それからどうしたいのかは自分でもよく解らない。もう一度勝負を挑むのか、あるいはただ、どんな男か見定めたいだけなのか。縁があれば、またどこかで出会うこともあるだろう。そう思い定め、聞き込みはやめた。この街で、あまり目立つわけにもいかない。

それからは、本来の仕事に戻った。臨安を歩いて情報を集め、宋と元の戦の帰趨《きすう》を見定める。それが、霊杲の受けた密命だった。

大陸に渡って、そろそろ五年になる。元々才があったのか、今では蒙古語と漢語を不自由なく操ることができる。獣の肉も、香辛料の独特の匂いも、すぐに慣れた。

生まれ育ったのは、武蔵《むさし》のそれなりに名の知れた御家人の家だった。幼い頃から喧嘩《けんか》に明け暮れ、十七の時につまらないいざこざから人を斬った。それが原因で父と兄に無理やり出家させられたが、仏法に身を入れることもなく破戒を重ね、やがては寺を飛び出した。それから、流されるように大陸まで来てしまった。

後悔はしていない。むしろ、一生を日本で過ごすより、面白いものが見られる。この世界がどれほど広く、日本がどれほど小さいのかも、今では実感している。

そのぶんだけ、霊杲は元という国の強大さをより理解できた。宋という巨大な国と戦をしながら日本にも軍を送る。これがどれほどのことか、霊杲に密命を与えた者たちには想像すらできないだろう。

元軍が日本に侵攻したのは、昨年の十月だった。戦闘自体は元軍が勝利したが、帰還の途中で嵐に遭い、ほとんど壊滅に近い被害を出したのだという。

戦況を伝え聞いた限りでは、自分が得た情報が役立てられたとは思えなかった。霊杲は繰り返し、元の強大さを訴えてきた。だが、鎌倉は元の使者を無視し続けて戦を招き、甚大な被害を蒙《こうむ》った。

無力感に襲われることはあったが、それでもこの仕事を降りようとは思わない。これで、戦が終わったわけではないのだ。

酒楼の建ち並ぶ一角に足を踏み入れた。

日は暮れかけていたが、人通りは多い。酒楼には官営のものと民営のものがあり、このあたりは市楼と呼ばれる民営の店が軒を連ねている。通りには煌々《こうこう》と灯《とも》りが点り、終夜営業している店も多い。その中の一軒に、霊杲は入った。味がいいわりに値は安いので、終日賑《にぎ》わっている。民情を探るには、こうした場所が最も適していた。

卓について酒肴《しゆこう》を注文し、飛び交う会話に耳を傾ける。やはり、元との戦についてのものが多い。大臣の誰それが敵と通じているとか、どこそこの街で住民が皆殺しに遭ったとか、そういった類《たぐい》の噂話《うわさばなし》だ。

「そういえば、例の落書き魔のことだがな」

隣の卓の男が左右を見回し、声をひそめて言った。卓を囲むのは三人で、いずれも職人風の身なりだ。

「俺は、誰の仕業か目星をつけたぜ」

霊杲は腰を上げ、隣の卓に向かった。

「よう、一緒にやらないか。俺が奢《おご》るぜ」

いきなり現れた坊主に、三人は驚いたようだった。構わず空いている椅子に座った。

「俺は、霊杲という。見た通りの破戒僧だ」

「その坊主が、何の用だ」

ひとりが、明らかに警戒の色を浮かべて言った。

「なに、用など別にない。ひとりで呑《の》むのにも飽きたものでな、誰かと呑みたくなった。幸い、懐には余裕もある」

女中を呼んで、人数分の酒と肴《さかな》を頼んだ。

「本当に奢ってくれるのか？」

懐から銭の入った袋を取り出し、卓に置く。がちゃり、と重い音が鳴った。

酒肴が次々と運ばれてくると、男たちの警戒も緩んだ。

「そうそう、さっきの話の続きだが」

しばらく盃《さかずき》を重ねると、酔いの回った顔で男が話し始めた。

「岳王廟《がくおうびょう》の近くの路上で、最近若い絵描きが商売をはじめたんだ。まだ二十歳かそこらなんだが、なかなか評判になっていてな。それで、女房にせがまれて行ってみると、それがあの落書き魔の描いた絵と似ていやがる。いや、あの若造は、間違いなく落書き魔本人だな」

「ほう、絵のことがわかるのか?」

霊杲が尋ねると、男は胸をぐいと突き出した。

「当たり前よ。俺は昔、画院を目指していたんだぜ」

「なるほど、それはすごいな」

画院、すなわち翰林図画院《かんりんとがいん》。言わば宮廷画家の養成所で、この国で絵を志す者は、こぞって目標にしているという。当然、入院には科挙《かきょ》に勝るとも劣らない厳しい試験が課される。

「よく言うぜ。十年も試験を受け続けて、箸《はし》にも棒にもかからなかったくせに」

「ああ。目指すだけなら誰にでもできるからな」

他のふたりは、そう言ってげらげらと笑った。

「うるせえ、あんなもん、今じゃあただのお役所だ。奴《やつ》らは昔からの画風を守ることばっかりに汲々《きゆうきゆう》として、新しい物を生み出すことなんてこれっぽっちも考えてねえんだ。あんなところ、こっちから願い下げだぜ」

「まあ、そう腹を立てるな。それで、その若造が落書き魔というのは本当なのか？」

いきり立つ男に酒を注ぎながら、先を促す。

「ああ。この俺が見て、間違いないと言っているんだ。あの落書きと似ないように気をつけてはいるんだろうが、俺の目は誤魔化《ごまか》せねえぞ」

他のふたりは、酔っ払いの戯言《ざれごと》と思っているのか、大して興味も示さなかった。

翌日の昼過ぎ、男の言っていた場所へ向かった。西湖《せいこ》の北の畔《ほとり》、岳王廟に程近い路上で、その絵描きは商売をしているという。

岳王廟は、抗金《きん》の名将岳飛《がくひ》の墓所で、参詣の列が絶えることはない。今日も人で賑わっているが、酒楼や戯場とは明らかに異質な熱気があたりには漂っていた。誰もが縋《すが》るような目で、廟の奥に眠る岳飛に拝礼している。不思議と、高価な着物を着た、身分の高そうな者が多い。烏紗帽《ウシャマオ》をかぶり、長衣に帯を締め、長い革製の靴をはいている。いわゆる、士大夫《したいふ》と呼ばれる種類の人間たちだ。

抗金ならぬ、抗元の名将を求めているのだろう。おそらくここにいる士大夫たちは、中華文明を担う漢民族が、遠からず蛮族の支配下に置かれるという事実が受け入れられないのだ。その一方で、庶民にとっては支配者など、命の心配と暮らし向きの不安さえなければ、誰でも構わないというのが本音だ。この意識の差は、永遠に縮まることはないだろう。

そんなことを考えながら、霊杲は列に並ぶ人々を眺めた。岳飛を讃《たた》え、蒙古を罵《ののし》る声があちこちから聞こえてくる。熱気どころか、狂気すら感じられる。唾《つば》でも吐きたいような気分に襲われ、その場を離れた。

廟の前の通りには、参拝客を当て込んだ屋台が軒を連ねている。むせ返るような、油や香辛料、肉や魚を焼く匂い。暇をもてあまして昼間から博打《ばくち》に興じる男たちの怒声。大道芸人の奏でる笛や胡琴《こきん》、太鼓に銅鑼《どら》の音色。そうした雑多な音が渾然一体《こんぜんいったい》となって通りに木霊《こだま》している。

前方に、人だかりができている。昨夜聞いた話では、例の絵描きが絵を売っているという場所だ。背丈は六尺近くある。背伸びするだけで、人垣の向こうの様子は手に取るようにわかった。

地べたに敷いた筵《むしろ》の上に、何枚かの絵が並べられている。その向こう側に、ふたりの若い男が座っていた。あの時のふたりかどうかは、判断がつかない。身なりは、粗末な被《かぶ》り物《もの》に、薄汚れた継ぎはぎだらけの着物、足元は穴の開いた革の靴。どこにでもいそうな、貧しい若者たちだ。

客の応対は小柄なほうが受け持っていて、絵描きの男は所在なげにただぼんやりと座っているだけだ。客に対するはきはきとした応対を聞く限り、小柄なほうは如才《じょさい》なさそうに見える。一方、絵描きのほうは見た目もいたって平凡で、心なしか顔色も悪い。少なくとも、あの夜に見せた鋭さはどこにもない。あの夜霊杲の棒をことごとくかわした男とは、到底思えなかった。

無駄足だったか。踵《きびす》を返しかけた時、男の傍らに置いてある刀が目に入った。紛れもなく、日本刀だ。

やはり、間違いではなかった。そう思い直した瞬間、男がこちらを見た。

二

客の中から、坊主頭がひとつ飛び出していた。そちらに目を向け、二郎は思わず顔を引き攣《つ》らせた。

坊主は、ぼろぼろの袈裟《けさ》をまとっている。そして、あの長身に広い肩幅、ぎょろりとした目。間違いなく、この前の坊主だ。葉大全の屋敷の用心棒か何かだろうが、まさかまだ自分たちを追っているとは。

横目で鄭六《ていろく》に合図する。一瞬首を傾《かし》げた鄭六だが、すぐにまずい、という顔をした。

「皆さん、申し訳ないけど、今日はこれで店終《みせじま》いにさせてもらいますよ」

鄭六が言うと客の中から不満の声が上がったが、構ってはいられない。大急ぎで絵と筵を片付け、逃げ支度をはじめた。絵と今日の売り上げをしまった行李《こうり》を鄭六が背負う。

二郎は刀を腰にぶち込み、筵を小脇に抱えた。

「はいはい、どいたどいた。今日はお終いだよ」

声を張り上げる鄭六の後に続いた。坊主のいるほうとは逆の人垣を掻《か》き分け、そのまま全力で走り出す。

町並みや行き交う人々が、凄《すさ》まじい速さで後ろに流れていく。時折肩がぶつかるが、無視して走った。三町（約三三〇メートル）近く駆けたところで振り返り、また顔が引き攣った。

坊主は五間ほど後ろにぴったりとついてきていた。巨体にはまるで似つかわしくない速さだ。

「兄貴、急げ！」

先を行く鄭六が、振り返って叫んだ。武術はまるで駄目だが、元盗《ぬす》っ人《と》だけあって逃げ足だけは異様に速い。遅れないように、二郎も必死で足を動かす。いくつかの角を折れ曲がった。それでも、追ってくる気配は消えない。

息が切れてきた。吐き気も込み上げてくる。昨日、安い酒楼で呑み過ぎたことを心の底から後悔した。

丁字路にさしかかったところで、二郎は叫んだ。

「鄭六、二手に分かれるぞ！」

「承知！」

鄭六が右手に、二郎は左手に折れた。坊主は、迷う素振りもなく二郎のほうを追いかけてくる。

「勘弁してくれぇ〜！」

思わず日本語で泣き言を言って、ひたすら駆ける。目の前を、荷車を曳《ひ》いた牛がのんびりと横切っている。

「あいや〜！」

牛飼いが目を剝いて叫んでいる。回り込む余裕はない。頭から滑り込んで、腹の下をくぐった。立ち上がり、すぐに走る。後ろから、牛飼いの怒鳴り声が追いかけてきた。曲がり角をでたらめに曲がる。行き止まり。正面の塀を乗り越え、庭を突っ切る。住人の罵声を浴びながら、もう一度塀を越えた。

足を動かしつつ、恐る恐る振り返る。さすがにもう、坊主の姿はなかった。

家並みが途切れた。西湖の畔の船着場で、二郎はようやく足を止めた。へたり込んで、呼吸を整える。喉元《のどもと》までせり上がってきた今日の朝餉《あさげ》を、辛《かろ》うじて抑え込んだ。

「いったい何だったんだ……」

たかだか用心棒が、あそこまで必死に追いかけてくるとは思えない。そもそもなぜ、坊主が商人の屋敷で用心棒などをしているのか。

「まさか……」

坊主といえば、鄭六は以前、寺で喝食《かつしき》をしていたことがあるらしい。その頃、僧侶たちから何度も言い寄られたことがあるという。女人禁制の寺では男色など当たり前で、見目のいい稚児を巡って喧嘩沙汰《けんかざた》になることも多い。その話を聞いて以来、街で寺を見かけるたびに、二郎の頭には男の園という言葉が浮かんだ。

もしや、惚《ほ》れられた？　どこかで見初められ、あの夜もずっと尾行されていたとしたら……。まさかと思いつつも、この執念だ。あり得なくはないような気がした。

冗談じゃない、そのろくでもない推理に、二郎は怖気《おぞけ》を震《ふる》った。俺は、そっちの趣味はまるでない。しかも、あんな大男に組み敷かれた日には……。

想像しかけて、ぶんぶんと頭を振った。立ち上がり、尻をはたく。走って汗をかいたせいか、宿酔《ふつかよい》はだいぶよくなっている。

まったく、今日はひどい目に遭った。こんな日は早く家に帰って、さっさと寝てしまおう。確か、昨日買った酒がまだ残っていたはずだ。そう決めて踵を返した直後、二郎は「ぎゃあっ！」と叫び、大きく仰《の》け反《ぞ》った。真正面に、あの坊主の顔があったからである。

「ニ、ニ、你好《ニーハオ》……」

何とか笑みを作って挨拶したが、相手は真っ直ぐに二郎の顔を見つめるばかりだ。

やがて、坊主が荒い息を吐きながら口を開いた。

「やっと見つけたぞ」

口元には、薄《うっす》らと笑みが浮かんでいる。顔はほんのりと赤く染まっていて、走ったせいなのかそれとも別な理由からなのかは、いまいち判断がつかない。

坊主が一歩こちらに踏み出した。同じ分だけ、二郎は後退《あとじさ》る。

「おい、なぜ逃げる？」

「逃げるに決まってるだろ」

吐き捨てて、踵を返した。もう一度走り出そうとした二郎の手を、坊主がぎゅっと握る。全身に悪寒が走った。

「ままま、待ってくれ、俺はそっちの趣味は……」

いきなり、手が離された。勢い余って尻餅をついた二郎を見下ろし、坊主が顔をしかめながら言った。

「勘違いするな。俺だってそんな趣味はない」

　霊杲と名乗った坊主に連れていかれたのは、西湖の東の畔にある高級酒楼。しかも、高額な別料金を取られる最上階の個室だった。戸は開け放されていて、心地よい風が吹き抜けていく。回廊の欄干の向こうには、臨安の町並みが広がっている。

　四階建ての堂々たる造りで、煌《きら》びやかに飾り立てられた店内では、品のある音曲が、耳障りにならない程度の音量でゆったりと奏でられている。見渡せば、周囲は身分の高そうな客ばかり。二郎と霊杲は明らかに浮いていた。

　一杯奢ってやると言うから渋々ついてきたものの、二郎は完全に雰囲気に呑まれていた。後悔はしたが、落書き魔として役所に突き出すと脅されては、断るわけにもいかなかった。確たる証拠を握られているわけではなくとも、今のご時世ではろくな詮議もされないままに首を刎《は》ねられかねない。

「お待たせいたしました」

　きれいに髪を束ねた数人の女中が、酒肴を運んできた。側面に大きく切れ込みの入った、北方風の装束《しょうぞく》だ。ちらちらと覗く白い脚と焚《た》き染《し》めた香の匂いに、二郎の頭はくらくらした。

　女中たちは、慣れた手つきで卓の上に皿を並べていく。鮑《あわび》の酒蒸しや揚げた餅、見たこともない魚や肉の焼き物、めったにお目にかかれない、砂糖を使った菓子等々。このところ食糧の値が上がっているが、あるところにはこれだけのものがある。

「まあ、食えよ」

霊杲に言われるまでもなく、箸を取っていた。甘辛く煮込んだ豚の肉で、口に入れるととろけるほど柔らかい。こんなことなら、鄭六も連れてきてやればよかった。肉を飲み込むと、二郎はうなだれた。

「おい、どうした。口に合わないか？」

「いや。こんなに美味《うま》いものを食うのがいつ以来か考えていたんだが、久しぶりすぎてわからなくなった」

正直に答えると、霊杲は声を上げて笑った。

「ここは、葉大全の経営する店でな、食客の俺は自由に出入りできるんだ。おまえも好きなだけ頼んでいいぞ」

そう言うと、霊杲は坊主のくせに大口を開けて豚肉にかぶりつき、盃を呷《あお》った。日本から禅を学びにきた留学僧だというが、とてもそうは思えない。

「怪しい」

「何がだ？」

「あんた、葉大全の食客なら、俺を捕まえなければならないんじゃないのか？　それが、捕らえるどころかこうして飯まで食わせている。何か企《たくら》んでいると思うのが普通だろう」

「言っておくが、俺は葉大全に何の恩義もない」

「だったらなぜ、食客なんかしている？」

「巡り合わせだな。米の売り惜しみをするような阿漕な商人と知っていれば、食客などにはなっていない。ただ、俺の棒をかわしたのがどんな男なのかを見てみたかった。しかも、どうやら同じ日本の生まれらしいしな」

「おい。何でそれを」

「逃げる時、日本語で叫んでいただろう。勘弁してくれぇ～、って、情けない声で」

舌打ちして、盃を口に運んだ。

「で、どこの生まれだ？」

「九州。壱岐だ」

霊杲の表情が、かすかに曇った。

「昨年の戦で、戦場になったな」

「ああ。噂には聞いている」

一時は心配したが、元軍は大嵐に遭ってかなりの損害を出したらしい。戦があったと言っても、宗三郎が戦で死ぬようなへまはするはずがないし、麗花も戦の前に博多の謝国明の屋敷あたりに逃げているはずだ。

「なぜ、宋に渡ってきた」

「まあ、いろいろあって」

会話は全て漢語だった。武蔵の生まれという霊杲と日本語で喋《しゃべ》るよりも、漢語のほうがまだ通じる。

絵師になる。そういって渡宋の船に乗ったのは、十五歳の時だった。

あれからもう六年になる。短かったのか、長かったのかもよくわからない。

凄まじい嵐だった。助かったのは、父が縄で二郎の体を樽《たる》に結わえつけてくれたからだ。気づいた時、二郎は見知らぬ老爺《ろうや》の漕《こ》ぐ小さな舟に横たわっていた。太刀《たち》は、すぐ傍《そば》にあった。筆も、どうやら無事のようだ。ここはどこなのか、老爺は誰なのか尋ねようとしたが、すぐに意識が遠のいた。再び目が覚めた時には、寝台の上で寝ていた。

漁で生計を立てる、貧しい老夫婦の家だった。漁の途中で海を漂う二郎を見つけ、引き上げてくれたのだという。夫婦が暮らすのは、臨安から四十里（約一六〇キロメートル）弱離れた嘉定《かてい》という町に程近い、貧しい漁村だ。

言葉はまるで通じなかったが、漢字の読み書きができたおかげで、ある程度の意思の疎通ははかれた。それに、漁師の妻が、暇があれば言葉を教えてくれた。夫婦には息子がいたが、兵に取られ、元との戦で死んだのだという。

恩を返すため、一年ほどその家で漁を手伝った。仕事は辛《つら》かったが、そのおかげで、苦手な船もだいぶ克服できた。

しかし、絵師になる夢は捨てられなかった。老夫婦に貰《もら》ったほんのわずかな銭を手に、杭州臨安府に向かった。とにかく、行けば何とかなる。そう思った。

いきなり盗賊に襲われたのは、村を出た翌日のことだ。相手は三人で、刀や槍まで持っていたところを見ると、軍から逃亡した兵士だったのだろう。気づくと囲まれていて、逃げ場はなかった。やむなく太刀を抜き、生まれて初めて斬り合いに挑んだ。死ぬほど恐ろしかったが、死ぬよりはましだ。

だがどういうわけか、相手の繰り出す刀や槍ははっきりと見え、いとも簡単にかわすことができた。宗三郎に嫌々付き合わされた稽古を、体がまだ覚えていたのだ。そのことに気づいてからは、落ち着いて戦うことができた。峰打ちでふたりを叩き伏せると、残ったひとりは逃げていった。

杭州臨安府は、いつか謝国明の屋敷で見た絵のままだった。城壁の中に、街がある。無数の家々が所狭しと建ち並び、数え切れないほどの人がそこで生きている。往来には酔いそうなほどの人や牛馬が行き交い、勾欄《こうらん》（劇場）からは異国情緒溢れる歌舞音曲の音色が通りまで聞こえてくる。二郎は、自分が絵の中の世界に入り込んだような錯覚さえ覚えた。

最初のうちは、驚きの連続だった。何より、この街の人々は歩くのが速い。ぼんやり歩いていると、すぐにぶつかられて罵声を浴びることになる。そして、誰もが気味が悪いほど商売熱心で、きょろきょろしているとすぐに物売りに捕まり、何か買わされる羽目になる。

人こそ多いものの、異国の知らない街でひとりきりという不安と孤独感は、想像以上だった。改めて、麗花の強さがわかるような気がした。

臨安について半月ほどで、何とか絵の工房で働きはじめることができた。言葉はまだ不自由だったが、親方に言われて絵を描いて見せると、すぐに雇われることになった。

街の小さな工房だったが、なかなか繁盛していた。親方の人使いは荒く、給金も安い。それでも、言葉と絵の技法を同時に学べるいい仕事場だった。

だが、三年ほどで工房は潰《つぶ》れた。元との戦を控え、軍費を捻出するために、税は年々上がっていた。それにつれて景気も落ち込み、余分なものに銭をかける余裕はどこの家にもなくなっていたのだ。

それからは、生きるためだけに働いた。鄭六と出会ったのも、その頃のことだ。

臨安には、実に多種多様な仕事があった。船着場での荷役や酒楼での下働き、金持ちに飼われる犬の散歩の代行から、牛馬の解体等々。だが、どれも長くは続かなかった。言葉の問題もあったが、宋の人間のたくましさに気圧《けお》されたことのほうが大きい。わずかでも隙を見せれば、すぐにつけ入られて仕事を奪われてしまうのだ。

やむなく糞尿《ふんにょう》の処理や、怪しげな包みを指定された場所に運ぶという、実に胡散臭《うさんくさ》い仕事もした。中は見るなと念を押されていたので、あの包みが何だったのかは今でも判らない。

「それで、腹いせに金持ちの屋敷に落書きして回っているのか？」

「別に、そんなつもりじゃない。壁も白くて大きいから、いい練習になる。それに、自分の絵が街で噂になるのは、なかなか気持ちのいいもんだ」

言い出したのは鄭六だった。街で評判の悪い役人や商人の噂を仕入れてきては、二郎をけしかけるのだ。よほど、金持ちに恨みがあるらしい。

「なるほどな。それで、これからどうするつもりだ？　明日や明後日のことじゃない。五年先、十年先の話だ」

「わからん」

二郎は、焼いた鹿の肉に手を伸ばした。香料がたっぷり使われていて、臭みはきれいに消えている。

「こんな世の中でそんなに先のことを考えたところで、しょうがないだろう」

「惜しいな」

「何が」

「おまえほどの腕があれば、軍に入ればかなり上まで昇れる。武術師範くらいにはなれるかもしれんぞ。そうすれば、しばらくは食うに困らない」

「冗談じゃない」

二郎はかぶりを振った。この国では、兵士はろくでもない人間が就く賤《いや》しい職業とされているのだ。世間的には、乞食や盗賊とさして変わらない地位にある。そして、二郎はそれ以上に、できることなら人と人の争いとは無縁なところで生きていきたかった。

しばらく無言で、盃を重ねた。街を南北に流れる運河の水面が、西にだいぶ傾いた日の光を照り返している。その眩《まばゆ》さに目を細めていると、霊杲がまた尋ねてきた。

「日本に帰るつもりはないのか？」

二郎は首を振った。必ず絵師になって帰る。そう、約束したのだ。死んだ父のためにも、今さらおめおめと逃げ帰るわけにはいかない。

「おまえ、日本に残してきた家族はいないのか？」

すぐに、ふたつの顔が浮かんだ。

「もしいるのなら、生きているということだけでも報《しら》せてやったらどうだ？」

「報せる手段がない」

「手紙を書けばいい。俺の伝手《つて》を使って、届けさせてやる」

そう言って、霊杲は盃を干した。かなりの量を呑んでいるが、ほとんど酔ったようには見えなかった。

店を出ると、日ははるか彼方《かなた》に連なる山々の向こうに隠れはじめていた。それでも通りには人が多く、呼び込みの声も喧《かまびす》しい。

二郎は、城壁の中があまり好きではなかった。整然と区切られた町割り。通りの両側には高い建物が建ち並び、空まで区切られているような気がして、息苦しくなる。そんな時、無性に壱岐の空や海が懐かしくなる。

「手紙が書けたら、葉大全の屋敷に持ってこい。俺の名を出せば会えるようにしておく」

「だが……」

「心配するな。おまえを捕まえて大全に突き出したりはしない。じゃあな。また会おう」

そう言って、霊杲は雑踏の中に消えていった。

二郎と鄭六のねぐらは、銭塘門《せんとうもん》を出て西へ半里ほどのところにあった。西湖の北岸にある葛嶺《かつれい》という山の麓《ふもと》で、あたり一帯に建ち並ぶ家は、ほとんどが掘っ立て小屋だった。住むのは、土地を捨てた農民や漂泊の芸人、あるいは故郷を追われた難病の者など。一種の貧民街といっていい。

「こんな美味い肉、いつ以来だろう」

店で包んでもらった肉の残りを一口頬張って、鄭六はうなだれたまま言った。よほど美味かったのか、目には薄らと涙さえ浮かべている。二郎や鄭六のような下層の人間が手に入れられる肉といえば、豚の内臓かせいぜい犬の肉くらいのものだ。

「ほら、呑めよ」

酒も、瓶ひとつ分持ち帰っている。木の椀《わん》に注いで渡してやる。鄭六は一口呑んで、また嘆息した。

「畜生。金持ち連中は、いつもこんないい酒を呑んでいたのか」

怒りを滲ませながら盃を呷り、親の仇《かたき》のように肉に食らいつく。

二間四方あるかないかという、小さな家だ。壁も屋根も隙間だらけで、冬場には寒風に凍えなければならない。それでも、雨風を凌《しの》げる場所で寝られるだけましだ。

鄭六とは、二郎の働いていた工房が潰れてしばらく経《た》った頃、臨安の街で出会った。通りを歩いている時、二郎の財布を掏《す》ろうとしたのだ。給金を貰った帰り道で、財布の中は珍しく暖かかった。

重みのある財布を胸にほくほく顔で通りを歩いていると、自称『江南《こうなん》一の天才掏摸《すり》』の鄭六がぶつかってきた。すぐに腕を取って捻《ひね》り上げると、鄭六は仔犬《こいぬ》のような顔立ちに驚愕《きょうがく》の表情を浮かべた。掏ったことを悟られたのは、その時が初めてだったらしい。

それ以来、どういうわけか二郎のことを兄貴と呼んで慕ってくる。歳《とし》は二郎の三つ下。

掏摸に手を染めていたのは他に生きる手段がなかったためだという。そこまで悪い人間にも思えなかったので、追い払ったりはしなかった。何より、この臨安の街で生き抜く術《すべ》をよく知っていて、それで助けられることも何度かあった。この家を見つけて、二束三文で買い叩いてきたのも鄭六だ。小柄で愛嬌《あいきよう》のある顔立ちのせいで、相手にあまり警戒感を抱かせないらしい。

「けど、その坊主、本当に酒を奢ってくれただけなのか？」

口の周りを脂《あぶら》でてからせながら、鄭六が言う。

「どうも信じられねえ。何か裏があるんじゃないのか」

「例えば？」

「兄貴を油断させて、親しくなってからいきなり捕まえるとか」

「そんな面倒なことをしなくても、あの坊主が本気を出せば、俺なんかよりよっぽど強いさ」

あの夜の霊杲の棒捌《さば》きを思い出すと、いまだに背筋に冷たいものが走る。あれが槍か薙刀《なぎなた》だったら、今頃自分はあの世にいる。刀を抜かなかったのは、引き返せないところまで行ってしまうのが怖かったからだ。

「だったら、やっぱり兄貴に気があるんじゃないのか？」

「馬鹿言え」

一蹴しながらも、尻のあたりがむずむずするのを感じた。

「いいじゃねえか。あの坊主といい仲になれば、こんないい肉が毎日食えるんだぜ」

「うるさいっ！」

へらへら笑う鄭六を怒鳴りつけ、二郎は文机《ふづくえ》代わりに使っている木箱に向かった。なけなしの油を使って灯りを点す。売り物の絵を描くと思っているのか、鄭六はもう話しかけてはこない。黙って、今度は砂糖菓子を頰張っている。

紙と硯《すずり》を取り出し、墨を磨《す》りながら考えた。

宛て先は、もう決めている。だが、何を書けばいいのか、何を伝えたいのか。

懐から、革でできた細長い袋を取り出した。中身は、壱岐を出る時にもらったあの筆だ。海水に浸《つ》かってしまったせいで穂先はぼろぼろで、とても使えたものではない。それでも、お守り代わりに肌身離さず持ち歩いている。それを眺めているうちに、風本の湊から見る夕焼けや、玄界灘を吹き抜ける風の匂いが蘇《よみがえ》ってきた。

結局、最初の一文を書くまで半刻（約一時間）近くもかかった。

「なんだ、絵じゃないのか。気を遣って損した」

手紙を覗き込んで、鄭六が酒臭い息を撒《ま》き散らす。

「にやにやしやがって。ひょっとして、恋文か？」

「うるさい。さっさと寝ろ」

一蹴すると、鄭六はすぐに鼾《いびき》をかきはじめた。

開け放したままの入り口から、猫が入ってきた。にゃあにゃあ言いながら勝手に上がり込んで、食べ残しの砂糖菓子をがりがり齧《かじ》っている。

嘘《うそ》か本当か、この国の人間は猫も平気で食べると聞く。鄭六が目を覚まさないように猫を捕まえ、家の外に追い出した。

「もう捕まるなよ」

猫の背中に声をかけて、手紙に向き直る。

紙代も墨代も馬鹿にはならないが、気に入らなければ何度でも書き直した。苦心しながらようやく書き上げた時には、鄭六は大きな鼾をかいて眠りこけていた。


翌朝、商いの支度は鄭六に押しつけ、二郎は葉大全の屋敷に向かった。葉の屋敷は富裕層の多く住む街の南方、鳳凰山《ほうおうさん》の麓にある。

訪《おとな》いを入れる。最初は不審な目で見られたが、言われた通り霊杲の名を出すと、すぐに中に通された。

「壱岐の、風本の湊でいいのだな?」

手紙を受け取った霊杲が尋ねた。

「ああ。そこにいなければ、博多の謝国明という商人の屋敷に届けてくれ」

「わかった。そう伝えておこう」
「頼む。ところで、ひとつだけ確認しておきたいんだが」
「何だ？」
「本当に、男色の趣味は……」
「ない。殴るぞ」
「ならいい」

それだけ言って、そそくさと葉大全の屋敷を出た。この国の金持ちの家は、屋根や柱や部屋の調度、全てがこれでもかというくらい派手でけばけばしく、どうにも居心地が悪い。部屋にかけられている絵も、技巧ばかりの堅苦しいもので、実に気に入らない。

ともかく、手紙が出せただけでじゅうぶんだった。返事は来るだろうか。今、どこでどんな暮らしをしているのだろうか。

そんなことを考えながら、いつもの商いの場所へ向かう。季節はすっかり秋めいていた。高さを増した空を、トンビが悠々と飛んでいく。遠い異郷の空でも、飛び交う鳥の鳴き声は同じだった。

岳王廟にはいつも通り参拝の行列ができていて、通りも人で溢れ返っている。

絵を描いて売ることを考えたのも、例によって鄭六だった。いつか絵描きになるのが夢だ。酔った勢いでそんな話をした次の日、掏摸で溜《た》め込んだ銭をはたいて、紙と墨を買い込んできたのだ。

「兄貴の夢は、俺の夢だ」

鄭六は、目を輝かせてそう言った。

あれから何十枚と、思いつくままに描いてきた。幼い頃に見たこの国の画家たちの模倣にはじまり、臨安の町並みや江南の山河。そして、麗花と宗三郎の三人で眺めた、壱岐の風景。

売れ行きは悪くはなかった。少なくとも、明日の米にも事欠くようなことはなくなっている。もっとたくさん描いて、もっとたくさん売れるようになれば、一人前の絵描きといっていいのかもしれない。そうなれば、少しは胸を張って壱岐に帰れるだろうか。

「兄貴ーっ！」

鄭六の悲鳴が、いきなり通りに木霊した。人の波を掻き分けながら、正面からもの凄《すご》い勢いで駆けてくる。

「なんだ、どうした？」

尋ねた直後、鄭六を追ってくる数人の男が視界に入った。顔つきも身なりも、見るからにまっとうな商売をしているようには思えない。行李を背にした鄭六は、二郎の後ろに隠れた。かなりの距離を駆けたのだろう、息は上がっていて、もう走れそうにない。

「おい、いったいなんなんだ？」

「落書きが、ばれた」

すぐに、男たちが追いついてきた。全部で五人。二郎たちを囲むように回り込み、一斉に腰の刀を抜いた。通行人の間から、悲鳴が上がる。

「てめえも仲間だな。大人しく俺たちについてきてもらおうか」

正面に立つ、首領格らしい髭《ひげ》を生やした男が言った。間合いを測る。踏み込むには、やや遠い。足元に視線を落とす。すぐ傍に、小石がひとつ見えた。

「ついていったら、どうなる？」

「さあな。斬り刻まれて西湖の魚の餌にされるか、もしかすると、じっくり煮込まれて、旦那様の今晩の食膳に並ぶことになるかもしれんな」

「それは勘弁してほしいな」

やむなく、腰に差した太刀に手をかけた。こんなところで騒ぎを起こしたくはないが、夕餉《ゆうげ》にされるよりはましだ。この連中は、おそらく屋敷に落書きされた商人の用心棒か、役人の私兵といったところだろう。

「ほう、やる気か」

首領がにやりと笑ったのと同時に、二郎は素早く右足を後ろへ引いた。そのまま前に振り抜き、足元の小石を蹴り飛ばす。続けて、首領の短い悲鳴が上がる。石は、自分でも感心するほど、見事に首領の顔の真ん中を捉えた。大きく仰け反り、そのまま仰向けに倒れていく。

残り四人の注意が逸《そ》れたのを見て取り、跳躍した。刀を握る手を狙って抜き打ちを放つ。帯に刃を上にして差しているので、抜刀には都合がいい。

悲鳴が上がり、血と指が数本飛んだ。

「野郎っ!」

横から、ひとりが斬りかかってきた。遅い。後ろに一歩退いて難なくかわし、下から斬り上げた。着物の前がはだけ、腹に赤い線が走った。斬ったのは帯と薄皮一枚程度だが、相手はそのまま腰を抜かしたように座り込んだ。刀を返し、鄭六に向かおうとしていたひとりの背中に峰打ちを叩き込む。

息を整え、最後のひとりを見据えると、すぐに背中を向けた。他の者も、歩けないほどの深手は与えていない。それぞれに立ち上がり、逃げ去っていった。

周囲にはいつの間にか人だかりができていた。わずかに刃についた血を拭った。

人垣が、いきなり割れた。見ると、数人の兵士が野次馬を掻き分け、前に出てきた。

「兄貴、まずいぞ」

鄭六が、震える声で言った。

「言われなくても、わかってる」

視線を走らせ、人数を数える。八人。しかも、武装している。とても勝ち目はない。

隊長格の男が前に進み出た。口の周りに髭を蓄えてはいるが、まだ若い。おそらく、二十五、六だろう。

「天下の往来、しかも皇帝陛下のお膝元《ひざもと》でかような立ち回りを演じるとは、まったくもって言語道断」

男が言うと、配下が槍を構えた。二郎は大きく息をついて、太刀を鞘《さや》に納めた。

すまん。帰るのは、もう少し遅くなりそうだ。

東の空を見上げ、心の中で呟《つぶや》いた。

（下巻に続く）

この作品は二〇〇九年八月、集英社より刊行されました。
文庫化にあたり、上下二巻として再編集しました。

天野純希の本

桃山ビート・トライブ

安土桃山時代。見事な踊り、型破りな演奏、反体制的言動で評判の一座がいた。秀吉が民衆への支配を強める中、彼らの反撃が…！　最高にアツくて爽快な第20回小説すばる新人賞受賞作。

集英社文庫

集英社文庫　目録（日本文学）

集英社文庫　目録（日本文学）

集英社文庫　目録（日本文学）

集英社文庫 目録（日本文学）

集英社文庫

青嵐《せいらん》の譜《ふ》 上《じょう》

2012年 8 月25日　第 1 刷　　定価はカバーに表示してあります。

著　者　天野純希《あまのすみき》

発行者　加藤　潤

発行所　株式会社 集英社
東京都千代田区一ツ橋2-5-10　〒101-8050
電話　03-3230-6095（編集）
03-3230-6393（販売）
03-3230-6080（読者係）

印　刷　凸版印刷株式会社

製　本　凸版印刷株式会社

フォーマットデザイン　アリヤマデザインストア　　マークデザイン　居山浩二

本書の一部あるいは全部を無断で複写複製することは、法律で認められた場合を除き、著作権の侵害となります。また、業者など、読者本人以外による本書のデジタル化は、いかなる場合でも一切認められませんのでご注意下さい。

造本には十分注意しておりますが、乱丁・落丁（本のページ順序の間違いや抜け落ち）の場合はお取り替え致します。購入された書店名を明記して小社読者係宛にお送り下さい。送料は小社負担でお取り替え致します。但し、古書店で購入したものについてはお取り替え出来ません。

© Sumiki Amano 2012　Printed in Japan
ISBN978-4-08-746868-7 C0193